文春文庫

切り絵図屋清七

雪晴れ

藤原緋沙子

文藝春秋

目次

主な登場人物

長谷清七郎（清七）…絵双紙本屋『紀の字屋』を切り盛りする元浪人。
長谷半左衛門…………清七の父。勘定組頭。二月前、秘密裏に飛驒に旅立った。
長谷多加………………半左衛門の妻。市之進の母。
長谷市之進……………長谷家の嫡男。清七の腹違いの兄。
長谷織恵………………市之進の妻。実家に帰っている。
彦蔵……………………長谷家に長く仕える下男。
藤兵衛…………………紀の字屋の元主人。その昔は御徒目付組頭だった。
おゆり…………………藤兵衛の養女。清七に思いを寄せる。
与一郎…………………紀の字屋で働く絵師。甲斐石和の大百姓の跡取り息子。
小平次…………………元巾着切りで、現在は紀の字屋の一員。
忠吉……………………紀の字屋の小僧。母子で清七に助けられる。
谷田部貞勝……………勘定奉行。飛驒材伐採に関わる不正が疑われている。
佐治長門守……………勘定吟味役。清七に飛驒行きを命じる。
坂巻真次郎……………佐治の家来。清七の飛驒行きに同行する。
勝三……………………飛驒の俠客。清七とともに半左衛門の消息を追う。

切り絵図屋清七

雪晴れ

第一話　父の消息

一

「皆、集まってくれ。親父さんもお願いします」

日本橋の絵双紙本屋『紀の字屋』では、先年から店を任されている清七《せいしち》が、小平次《こへいじ》と与一郎《よいちろう》、それにおゆりと藤兵衛《とうべえ》に声を掛け、座敷に車座に座るように促した。

清七は本名を長谷清七郎《はせせいしちろう》と言い、歴とした旗本、勘定組頭長谷半左衛門《はんざえもん》の次男である。

本来なら絵双紙屋で働くなどもっての外で、屋敷で次男坊として暮らしている筈なのだが、清七は深い事情を抱えていた。

母親が長谷家の女中だった事から、半左衛門の正妻多加《たか》に屋敷から追い出され、母親の死後、一度は屋敷に戻ったものの、多加と嫡男で長男の市之進《いちのしん》から蛇蝎《だかつ》のように嫌われて、いたたまれなくなって屋敷を出た。

そして浪人暮らしの末に、紀の字屋の主藤兵衛に商いの才覚を見いだされ、藤兵衛が病で体の自由を奪われた事で、名を清七と改めて店の采配を振っている。

また与一郎は、甲斐石和《いさわ》の大百姓の跡取り息子だ。歌川広重が甲斐国を訪れた際に感化され、絵の修業をしたいと江戸に出て広重の弟子になった。だが、放蕩が過ぎて破門となり、紀の字屋に拾われて、今は清七の片腕である。

そしてもう一人の片腕・小平次は、元は巾着切りを生業《なりわい》としていた男である。ところが南町奉行所の同心金谷《かなや》幸三郎《こうざぶろう》から懇々と説諭されて改心し、この男も藤兵衛に拾われて紀の字屋の一員となったのだ。

更におゆりは、昔藤兵衛が御徒目付頭だった時の部下の娘で、お家断絶の憂き目に遭い、遊郭に売られていたのを藤兵衛が助け出して養女とした人で、紀の字屋の会計を任されている。

店番をしている庄助《しょうすけ》と小僧の忠吉《ちゅうきち》は別として、紀の字屋を構成している五人それぞれが、過去になにがしかの荷を背負って生きている。それだけに結束も固く、また弱者に対する思いも強く、この世の悪を見逃せない者たちである。

「与一郎、並べてみてくれ」

清七は、皆の顔が揃ったところで、与一郎に視線を送った。

すると与一郎が、脇に置いてあった江戸の切り絵図を取り、皆の前に広げて並べ始めた。

切り絵図とは、実測にこだわらず、御府内をいくつもに区分けして、これまでの絵図にはない詳しい情報を書き込んだものだ。

区分した事で、手に持って歩きながら目的地を探すことが出来、これまで出板されてきた大絵図とは全く違う、非常にわかりやすい道案内になっている。

目的の町に行くには、どの道を辿れば良いのか。その道筋に何か目印はあるのか。

川筋、大通りに小路、神社仏閣、武家屋敷などにも丁寧に名を入れて、しかも彩色刷りだから絵図と言うにふさわしく美しい。

絵双紙屋や本屋が何かを出板したいと考えている事は良く聞くが、出板の道に乗り出すのはひとつの賭けだ。うまくいけば名も上がるし繁盛もする。だが失敗すれば、店を手放す危険だってある。

清七は店の采配を振ることになった時、与一郎と小平次に切り絵図出板を持ちかけて、三人は大きな賭けに出たのだが、目論見は当たって今大変な人気になっている。

これまでに出板した切り絵図は、御曲輪内《おくるわうち》、桜田門外を皮切りに、飯田町駿河台《するがだい》、そして番町など武家地、続いて日本橋北之図、二枚に分けて記した日本橋南之図、築地の八丁堀など既に七枚にも及んでいる。

与一郎が並べ終えた七枚の切り絵図を眺めてみると、それは壮観のひとことに尽きる感無量の仕事であった。

「ほんとに、眺めているだけでも楽しい絵図です。常連のお客様もそのようにおっしゃって、まずは一枚買って下さった方は、他の切り絵図も求めていらっしゃいます」

おゆりは、切り絵図を眺めながら、しみじみと言った。

「そこで、今日の相談は、次の切り絵図だが……」

清七は皆の顔を改めて見回して、

「私は、まずは京橋南築地鉄砲洲。続いて芝口南西久保と愛宕下《あたごした》を考えている」

切り絵図を見渡して切り出した。

「いいんじゃないか、それで行こう」

与一郎が相づちを打つ。

小平次もおゆりも頷いた。

「ただ、その前に増板があるから、まずそれを刷ってからだな」

清七は神妙に言う。

「そうですね、大店《おおだな》の注文が増えていますから、これまでに出板した切り絵図はみんな二刷り三刷りと刷っています。番町などは四刷りです。皆さん待っていただいておりますから」

おゆりが嬉しそうに、皆の顔を見渡した。

「ふむ、わしも驚いておる。これほど人気が出るとはな。ただ、二刷り三刷りと増板する時には、面倒でも御成道《おなりみち》の爺さんを訪ねて、お役替えがあったかどうか確かめた方がいいな」

藤兵衛の声も弾む。

御成道の爺さんとは、達磨《だるま》の由蔵《よしぞう》という人の事で、大通りに筵《むしろ》を広げて素麵《そうめん》箱を置き、それを机にして、この江戸で起こる様々な出来事を細大もらさず書き続けている変わった人だ。

事件や噂話におさまらず、千代田の城の役職や異動についても、間違いの無い情報を集めて書き込んでいるのだった。

　役替えが起これば拝領屋敷が変わることがある。藤兵衛はそれを確かめて、変化があれば書き直した方が良いと言ったのだ。

「あっしが爺さんに会って聞いてきますよ、清さん」

　小平次が胸を叩いたその時だった。

　店の方から足音が近づいて来たと思ったら、忠吉が顔を出して神妙な面持ちで告げた。

「お店に清七郎さまにお会いしたいとおっしゃって、お侍が見えました」

　お侍の客と聞いて一同の顔に、俄《にわか》に緊張が走った。

　清七の父親で勘定組頭の長谷半左衛門は、二月《ふたつき》前に秘密裏に旅に出ている。勘定吟味役佐治《さじ》長門守《ながとのかみ》の命を受け、勘定奉行谷田部《やたべ》貞勝《さだかつ》の不正を暴くためだが、予定していた二ヶ月が過ぎても帰宅しておらず、清七はじめ紀の字屋の者は皆案じていたところだった。

　清七は藤兵衛に小さく頷くと、忠吉の後を追って店に出た。

「佐治さまの使いの者でございます。急ぎお屋敷までお連れせよとのこと……」

　使いの者は清七を硬い表情で見た。

——父長谷半左衛門の身に何か予期せぬことがあったに違いない。

不安を胸に勘定吟味役佐治長門守の屋敷に赴くと、すぐに座敷に通された。

時を置かずして大股に足を運ぶ音が聞こえると、佐治長門守が入って来た。

「清七郎、落ち着いて聞いてくれ。そなたの父の消息が途絶えたのだ」

開口一番、佐治は案じ顔で言った。

清七の胸は騒いだ。

「何時《いつ》、どこで、何故《なにゆえ》……殿さまのお耳に入っていることをお話し下さいませ」

思わず膝を乗り出していた。

「うむ……」

佐治は一度言いにくそうに視線をそらしたが、改めて清七を見て告げた。

「半月前に飛騨で何者かに襲われたようじゃ」

「！……」

「供の者一人が命を落としたようだ。他の者たちの生死は分からぬ」

苦しげな声で言った。

——父上……。

清七は膝を摑んで歯を食いしばった。信じたくなかった。父のことについては不安も心配もしていたが、無事に帰還できるだろうと祈っていたのだ。

まさかこのような報《しら》せを聞こうとは夢だに思わなかった、思いたくなかった清七である。

清七の胸の中は、突然嵐に襲われたように混乱した。だが、すぐに清七は顔を上げると、

「一行の消息を……父の生存を、この目で確かめたく存じます」

佐治の前に手をついた。

「よく言ってくれた。この役目、他の者には頼めぬ。勘定奉行たちも勘定組頭たちも、誰も知らぬ案件で出向いたのだ。何があろうと隠密裏に運ばねばならぬ。我が家の家臣だけでは心許ない。そなたが先頭に立って一同の探索を行ってほしい。それもあって急ぎ使いをやったのじゃ」

佐治の険しい顔は異変が容易ならざるものであることを物語っている。

清七が緊張した目で頷くと、佐治は、手を打って家士を呼んだ。

廊下に家士が膝をつくのを待って告げた。

「勝三《かつぞう》を連れてまいれ」

「はっ」

　家士は頭を下げると、すぐに引き返した。

「実はな、今呼びにやった勝三という者、いや侠客というべきかな」

　佐治は頬に微《かす》かに苦い笑いを載せると、

「無頼の徒であることは間違いないが、山の民を守るという義侠心にかけてはみあげたものだ。こたび長谷殿一行が襲われたことについては義憤を感じて、このわしに報告に参ったという次第」

　清七は頷いた。

　するとそこに、先ほどの家士に案内されて、むくつけき男が入って来て、ぎこちなく佐治に頭を下げた。

　髪は総髪で、しかも後ろに垂らしていて、着ているものは鹿の革の袖無し袢纏《はんてん》、裁付《たっつけ》姿、色は黒く目はぎらぎらと光っている。

「勝三、疲れはとれたかの」

　佐治の問いかけに、

「へい、殿さまのお陰で、久しぶりに良く眠りやした。なにしろこの十日ばかりは、何時追っ手がおいついて殺《や》られるかもしれねえと気が気じゃねえ道中でしたから」

勝三の声には疲れがみえたが、その面構えは不敵だった。

「うむ、お前が危険を冒してわしに報告にきてくれた事は忘れぬ。お前のお陰で次の一手が打てるというものだ」

「とんでもねえ、あっしも長谷さまが心配で、あっしなりに協力させていただきてえと思いやして」

さすがの山男も佐治の殿さまには神妙だ。

「勝三、そこでだ。お前が飛驒で見たことを、この男に話して貰えぬか。この者は清七郎と言ってな、訳あって姿は町人だが、飛驒に出向いた長谷殿の倅《せがれ》だ」

「さようでございますか、あの長谷さまの……」

驚いた顔で勝三は清七を見た。

「そなた、父と面識はあるのだな」

清七は逸《はや》る心で尋ねる。

「へい。あっしが長谷さまに最初にお会いしたのは一月《ひとつき》前のことでございやす。女房が長谷さまに助けていただきやしてね……」

勝三は清七の方にひと膝向けると、語り始めた。

一月前、薪取りに出かけていた勝三の女房のおまきは、突如山中で熊に出くわしたのだ。

冬眠前の熊は神経質だ。しかも近年、熊は熊胆《くまのい》めあてで乱獲が激しく、熊の方も人間を敵視している。

熊一頭で熊胆は四匁《もんめ》から五匁採れるが、一匁あたり一両もするのだから、畑が無く山仕事で暮らしが厳しい山の民にとっては、熊はもっとも金になる物だ。

とはいえ女一人で熊に立ち向かえる筈はない。

おまきは背負っていた薪を下に置くと、少しずつ後ずさりした。

同時に腰に付けている鉈《なた》を摑んだ。

山の女は皆勇敢だが、おまきも男顔負けの胆の太さだ。

おまきが鉈を摑んだその時、熊が背を丸めて襲いかかって来た。

「えい、えい！」

おまきは鉈を振るった。一撃は熊の肩を斬った。だがこれが怒りに火を付けたのか、熊は歯をむき出して刃向かってくる。

「あっ！」

もみ合ううちに鉈が手から離れた時、熊が両手を挙げ、一拍おいて、おまきの頭に振り下ろして来た。

「あああ！」

おまきは叫んだ。断末魔の声を上げて目をつむった。

だがその時だった。

銃の音が一発、同時に熊が怒声を上げて逃げ去ったのだ。

――助かった……。

起き上がったおまきに、武士数人が近づいて来た。

「無事で良かった。危なかったな」

優しい声を掛けてくれたのが、家来を従えた旅姿の長谷半左衛門だったのだ。

「長谷さまはおまきを家まで送って下さいやしてね。それが縁で、あっしは長谷さまご一行の飛驒御林案内を買って出たのでございやすよ」

勝三がそこまで一気に話すと、

「勝三、長谷殿はお前に旅の目的について何か洩らしていたのか？」

佐治が訊いた。

「いえ、不正究明の旅だと、ただそれだけ」

「それだけか？」

「へい、笑っておっしゃいましたが、あっしは一瞬ぎょっとなりやした」

「何、なぜだ……」

「しょうがねえ、こうなったら何もかもお話しいたしやす」

勝三は苦笑すると、頭をかきかき話をした。

勝三たち飛驒の山の民は、ほとんどが御林の仕事にありついて、かろうじて生きている。

山の民は御林を伐採し、あるいは下草刈りなどして、役所から手当を貰っているのだが、それだけでは到底暮らせない。

伐採には山の保護のために制限があり、そう途切れなく仕事が続くわけでもない。そこで暮らしに切羽つまると、勝三たちはぼやを起こし、山火事をよそおって木を伐採し、それを薪にして市《いち》に出し、僅かな金を稼いでいる。長年続いてきた、いわば公然の秘密だが、不正には違いない。

また勝三の手下の中には乱暴者もいて、常から役人には睨まれていたから、長谷半左衛門から〝不正〟と聞いて、俺たちの事か、と一瞬狼狽したのだった。

しかし長谷半左衛門は勝三の狼狽を察知して笑って言った。

「はっは、お前たちの〝不正〟のことなどではない。暮らしに難儀しての窮余の不正などたかが知れている。安心しろ」

　長谷半左衛門はとっくにそのあたりの事情は調べ済みだった。それ以来、勝三はすっかり長谷半左衛門に惚れこんでしまったのだ。

　──そうか、父はこの者とそのようなやりとりを……。

　清七は目の前の男と父のつながりに胸を熱くしながら、

「それで、父の一行が襲われたというのは……その目で実見したのか」

　清七の心は先へ急ぐ。

「へい……」

　勝三は神妙に頷くと、

「その日、あっしは長谷の旦那と約束した待ち合わせの場所に行ったのでございますが、そこで、お供の方が一人殺されておりまして」

「何……」

「長谷の旦那の姿はありやせんでしたが、辺りには血が飛び散っていて、激しい斬り合いがあっただろう事は想像がつきやした……」

「襲った者たちの正体は分からぬのか？」

　清七の声は震えた。激しく動揺していた。

「あっしにはわかりません。ただひとつ言えることは、長谷さまは昔の不正を調べておりましたから……いっとき、お上には内緒でたくさんの木が伐り出されていたことを……」

清七は歯を食いしばって拳で膝を打った。不正をあばかれるのを恐れた者たちの凶行であるのは間違いない。

一緒に付いていけば良かったと、今更ながら悔やむばかりだ。

「そうだ……」

勝三は呟くと、懐から財布と半紙に包んだ遺髪を出し、清七の前に置いた。

「これは……」

「へい、殺されたお供の遺髪と財布です」

清七はすぐに取り上げて財布を見詰めた。

財布の隅には『弁』の刺繡がある。

「弁十郎《べんじゅうろう》！」

清七は思わず声を上げた。そしてその視線を佐治に向け、

「長谷家の中間《ちゅうげん》、弁十郎の財布です。私は見た事があります」

「そうか……」

佐治は神妙な顔で頷いた。だが直ぐに、

「家族はいるのか?」

清七に訊く。

「いえ、まだ独り身だったと思います」

「そうか。ならばこの事件の決着を見るまで、誰にも漏らさない方がいい。長谷家にもまだ知らせてはならぬ」

険しい目で清七に言った。

「心得ております」

清七は頷いた。

兄の市之進はせんだっても――谷田部勘定奉行が自分に声を掛けてくれたが、父上の出張先を聞きたいとの仰《おお》せだった。お前は聞いているだろう、教えてくれ――などと清七に迫ってきたことがある。

うっかり兄に飛騨の事件を話そうものなら、谷田部に即刻話が漏れるやもしれないのだ。

「いずれ全て白日の下に晒《さら》さなければならぬが、今はその時ではない。今この時点で、どこにも漏れてはならぬ案件だ」

佐治は自身を納得させるように呟くと、改めて顔を清七に向け、

「清七郎、飛驒まで行ってくれるな」

じっと見た。

「はっ」

清七が平伏すると、佐治は手を打った。

すると、廊下に一人の武士が現れて膝をついた。

「入れ」

佐治が命じると、男は小さく頷いて、するりと部屋に入って来た。

「この男を供にすれば良い。名は坂巻真次郎《さかまきしんじろう》という手練《てだ》れだ。そなたの助けになる」

佐治が紹介すると、

「坂巻と申します」

男は清七に挨拶した。

褐色の肌、鋭い目の光、身辺に漂っている張り詰めた気配、いかにも剣術に長《た》けた一分の隙もない男のようだ。

「長谷清七郎です」

清七は、町人清七ではなく、長谷清七郎の名を名乗った。

飛騨に行くからには、佐治の命で侍として腰に二刀を帯びていく事になる。無腰で出向ける安穏な旅ではない。

清七の胸には、並々ならぬ決意があった。

二

「供は一人なのか……」

藤兵衛は、清七の話を聞いて腕を組んだ。

佐治の屋敷から帰ってきた清七は、藤兵衛と与一郎、小平次におゆりの四人に、明日早朝飛騨に向けて出発する事を伝えたのだ。

「佐治さまも私も、大人数では人の目につく。そう思ったものですから」

清七は言った。

「ふむ、確かに一理ある。だがお父上も剣術に秀でた者を供としていた筈だ。その人たちが皆消息を絶ったとなると、危険は計り知れない」

藤兵衛は案じ顔で言う。

なにしろ藤兵衛は、その昔御徒目付組頭だった人だ。

御目付を補佐して文案の起草や大名登城の折の玄関の取り締まり、必要に応じて評定所などにも出役し、命を受けて探偵・調査も行なう四人の組頭のうちの一人で、御徒部屋では『御頭』と呼ばれ、身を挺して不正を監視していた人だ。

御《お》小人衆《こびとしゆう》や黒鍬衆《くろくわしゆう》他何百人もの配下の上に立っていた人だ。

清七がこれからやろうとしている事の危険さは、誰よりも分かっているのだ。

「危険は承知です。ただ、今朝皆で次の切り絵図作成の話を詰めたところなのに、与一郎と小平次に負担を掛けることになりますので」

正直その事が、清七の胸にひっかかっていた。

切り絵図を出板しようと切り出したのは、だれあろう清七だ。その張本人がたびたび実家の用向きで店を空けるのを心苦しく思っているのだ。

「今更何言ってるんだよ。切り絵図より父親の命が大事だろう」

与一郎が怒ったような声で言った。

「与一郎の言う通りだ。切り絵図作成は、飛騨から帰ってきてからでいいのだ」

一刻を争うのは父親の無事を確認する事だと、藤兵衛も口を添える。

「なんだったら、あっしが供に加わってもいいぜ、清さん」

小平次が言う。

「ふむ、確かに小平次は身が軽い。巾着切りをやっていたんだからな。剣術はできずとも役に立つかもしれぬな」

藤兵衛が苦笑して呟くと、

「親父さん、ついていってもいいかい？」

小平次は、逸る気持ちを抑えきれないように藤兵衛の顔を見た。

すると与一郎も、

「俺が行く。小平次兄いは残ってくれ。俺の方が目端が利くぜ」

真剣な顔で身を乗り出した。

「小平次……与一郎、ありがとう」

清七は、二人の顔を、代わる代わる見た。

「だがな、今度の旅は命の保証もない旅だ。そんな旅に、二人を連れて行く訳にはいかない。二人は、この紀の字屋にとって大事な人間だ」

「水くさい事を言うもんだ。親父さんや、おゆりさんの前で言うのは気恥ずかしいが、この紀の字屋を親父さんから預かると決めた時、約束したろ。どんな事があっても三人でやりぬこうって……その気持ちは、何も切り絵図づくりばかりの話じゃあないんだぜ」

　与一郎が、珍しく真顔で言う。

「そうだよ、あっしたち三人、桃園の誓いじゃねえが、気持ちはあれと同じだ。清さんだって、あっしゃ与一郎の命に関わる事が起きたら、真っ先に自分の身を挺して事に当たってくれるんじゃないのか」

　小平次は、言い含めるような顔で言う。

「どうだ、小平次か与一郎を連れて行くか……店との連絡ぐらいはこの二人でも出来るのではないか」

　藤兵衛は清七に訊く。

「いえ、二人には残ってもらいます」

　清七はきっぱりと言った。

　仲間が一緒なら確かに心強い。だが命の危険にさらされることは間違い無い。

　小平次には、病を抱えた母親がいるのである。万が一の事があれば、母親も生きてはおれまい。

　また与一郎は、いずれ甲斐国に帰って名主の総代として采配を振らなければならない身だ。

「有り難いが、二人には留守番を頼みたい」

清七は言った。

ちょっという顔で、小平次と与一郎は顔を見合わせた。

藤兵衛は頷いた。清七の心の中を察しているのだ。

「それと、親父さん。長谷家の者、特に兄などが万が一訪ねて来ても、父のこと、私のことも内密に願いたいのです」

清七は言う。

「分かっている。おゆりや、庄助と忠吉には、店の用事で旅に出るのだと言っておくほうがいいな」

藤兵衛の言葉に、おゆりは沈んだ顔で頷く。

「ただ、長谷家の用人には口止めをした上で、一行の消息を尋ねる旅だと伝えておこうと思っています。何が起こるか分かりません。万が一の時には対応をしてもらわねばならないですから」

清七の言葉に、

「おいおい、清さん、帰ってこないつもりなのか……そうじゃないだろ、必ず帰ってくるんだから、縁起でもねえことは言わないでくれ」

与一郎が食ってかかった。

「すまぬ、つい……」

清七は苦笑する。すると、

「飛驒はもう寒いのではないでしょうか。清七さん、綿入れの袢纏などお持ちですか」

おゆりが案じ顔で訊いた。

「いや……」

清七は頭を掻いた。

おゆりは、すっと立って部屋から出て行った。

「よし、今夜は見送りの宴を張ろう」

与一郎が明るく言った。


「清七郎さま……」

その夜遅く、清七の長屋の戸を叩く者がいた。

荷造りをしていた清七は、手を止めて土間に下り、戸を開けた。

「お久しぶりでございます」

長谷家の用人、小野兵蔵《おのへいぞう》が頬に笑みを載せて入って来た。

「すまない。こんなところまで来ていただいて……」

清七は上がるよう促すと、座った小野に火鉢をすすめた。

「夜は火の気がなくては過ごせなくなりましたな」

小野兵蔵は言いながら、長屋の部屋を見渡した。

その顔は、なんとも殺風景な住まいだとあきれ果てている。

清七は急いでお茶を淹《い》れて、小野兵蔵の前に置いた。

「おそれいります」

小野兵蔵はお茶をとって口に含むと、

「彦蔵《ひこぞう》から話は聞いていましたが、私も一度こちらに伺いたいものだと思っていました。清七郎さまはご立派です。長谷家を出てからも、こうしてこのような暮らしにも耐えていらっしゃる」

「小野さま、私は子供じゃないんだから」

清七が苦笑すると、小野兵蔵は口に含んだお茶を吹き出しそうになって言った。

「小野さまはおやめ下さい。あなたさまは長谷家の御次男、奥方さまや兄上の市之進さまに気兼ねして、私ども奉公人たちは、これまで清七郎さまとお屋敷の中では同輩のように接して参りましたが、本当のところは気持ちが落ち着かなかったのでございます。旦那さまは旅に出られる前に、正式に御次男としてお届けになりました。それは奥方さまも兄上さまも、渋々とはいえ承諾されたのです。私を、さま、などと呼ぶのはおやめ下さい」

清七は困惑顔で笑った。

「で、私をこちらにお呼びになったという事は、何かお話があるのではありませんか」

小野兵蔵は、茶碗を下に置いて清七の顔を見た。

「おっしゃる通り、重大な話があって、御用人だけには話しておかなくてはならぬと思ったのです」

清七は顔色を改めて言った。

「旦那さまの事ではございませんか」

小野兵蔵は、清七が用意している旅の荷を、ちらと見た。

「そうです。父が何処《どこ》に参ったかご存じですか」

じっと小野兵蔵の顔を見る。

正直小野兵蔵を呼んだのは、ひとつの冒険だった。父の行き先を用人が聞いていないと分かった時、これから話す内容を伝えてよいものかどうか、改めて考えなければならない。

「伺っています。ただ、奥方さまや市之進さまはじめ、屋敷の者、また、どなたに尋ねられても他言無用だと……その折り、清七郎さまだけは何もかもご存じだと伺っていました」

用人小野は、きっぱりと言った。清七はほっとした。

「それならば話が早い。実は父を含めて一行の行方が知れなくなっているのです」

険しい顔で告げた。

「なんと……行方知れず」

小野兵蔵は動転したようである。

「今どこでどうしているのか……ただひとつ分かったことは……」

清七は懐から、長谷家の中間弁十郎のものと思われる、財布と遺髪を出して小野兵蔵の前に置いた。

「弁十郎の財布と遺髪です。弁十郎は殺されました」

「弁十郎が……」

小野兵蔵は、財布と遺髪を取り上げると、

「間違い無い、弁十郎の財布だ」

小さく呟いたが、その手がわなわなと震える。

「誰かに襲われたようです。その現場で弁十郎の死体を見付けた者が届けてくれたのです」

「弁十郎……不運な男だ。生まれてくる子の顔を見ずに死んだのか……」

小野兵蔵は涙ぐむ。

「何、弁十郎は妻帯していたのですか」

驚いて訊く清七に、小野兵蔵は教えてくれた。

弁十郎から仲居をしている女でいい人がいると打ちあけられたのはふた月前、半左衛門の供をして出立する前の日だった。

弁十郎は、旅から帰ってきたら旦那さまに許可をいただいて、一緒になるのだと小野兵蔵に打ちあけたというのである。

しかも、女の腹には子が出来ているから、子供のためにも頑張らねばならない、良いお勤めをしなければならないと、弁十郎は父親になる喜びを隠せぬのか、小野兵蔵が訊きもしないのに、そう言ったのだ。

「まもなく生まれる筈です」

小野兵蔵は言う。

「気の毒なことだ」

清七は言葉をなくしていた。二人はおし黙ったまましばらく遺髪を見入った。

やがて清七は顔を上げて言った。

「今のところは、弁十郎の最期だけが判明したところだが、私は明日江戸を発って父の消息を調べることになっています」

「清七郎さまが……」

小野兵蔵は驚いて、

「清七郎さま、旦那さまは御出立の際、私にこのように申されました……わしにもしもの事があった時には、清七郎と相談するようにと……旦那さまは清七郎さまに、長谷の家の向後を託されたのです。その清七郎さまが今度は旅に出るというのは……」

小野兵蔵の不安は増すばかりのようだ。

「もう決まったことです。心配はいりません。私は必ず、元気な父を連れて帰ってきます」

「必ず……約束してくれますね」

とりすがるように言う用人に、清七はしっかりと頷いた。

小野兵蔵は、大きく息をつくと、思い出したように言った。

「ひとつ報告しておかなければなりません。若奥さまの織恵《おりえ》さまのことです……」

「長谷家に戻ったのですか」

清七は気になっていた。

実家に帰っている織恵を、清七は一度訪ねている。

その時長谷家に戻ってほしいと頼んだが、織恵は口を濁したのだった。

清七も無理強いは出来なかった。

姑の多加がわがままで気の強いのは誰よりも知っているし、昼間から酒に手を出す兄市之進の情けない姿も見ている。

織恵には、よく長谷家で頑張っているものだと、同情していたくらいである。

清七の心配を察したのか小野兵蔵は、

「清七郎さま、奥方さまが不自由な体になられました。奥の采配も難しく、織恵さまはそれを案じてのことだと思います。戻って下さることになりました」

ほっとした顔で告げた。

「それは良かった……」

気の毒には思うが、兄にも改心してもらって長谷家を守ってほしいものである。

小野兵蔵もしみじみとした顔で頷くと、清七の旅の無事を祈っていると告げ、帰って行った。

三

「いらっしゃいませ、いらっしゃいませ。そこを行く美しいお嬢さま、品の良いおばさま、威勢の良いお兄さん、立派なお侍さま、皆さまはもうどこかで耳にした事がおありですよね、日本橋の絵双紙屋で美人絵を出している人……そうです、何茶亭永春《なんちゃっていながはる》さんです……」

朝から紀の字屋の店先で、美人絵を手にして、客の呼び込みを始めたのは、店番を任されている忠吉だった。

忠吉は、そこまで口上を述べると、道行く人の反応を見た。

興味はない事はなさそうだ。

「うふ……」

なんて笑って忠吉を、ちらと見て通り過ぎる若い娘たちや、寄ってみようかどうしようかと、こちらを見る若い武士もいる。

だがまだいずれの人も、立ち寄るところまでは決心がつかないようだ。

早い朝だ。皆用向きがあって家を出て来ているのだ。絵双紙屋なんかに立ち寄っていたら、早々に済ませなければならない用事も出来なくなる。

――よし！……

忠吉は呼び込みを続けた。

「皆さんはご存じないでしょうが、今日は永春さんがどんな人かバラしましょう」

くくくと忠吉は笑ったのち、

「何茶亭永春さんは、まだ独り身です。はい。年頃ですが、今はそれどころではありませんからね。何しろ、甲斐の国から絵師を志して江戸に出てきて歌川広重先生に師事したのですが、実家が金持ちで、どんどんお金を送ってくれる。だから、死にものぐるいで食らいついていく気持ちになれない。ふらふらしているうちに破門され、それで紀の字屋にやって来たんです。そんな訳で、少しだらしのない所はありますが、絵心はあるのです。それに若いし、まだ独り身、見栄えもまあまあです。いかがですか、皆さん……」

忠吉は、またもや、通りの道行く人を尋ねるような顔で見渡した。

すると、老婆が近づいて来た。

老婆と言っても、まだ五十半ばか、身なりも整えていて、おしろいも塗り、紅もつけている。

「一枚、下さいな」

「はい、ありがとうございます。お好きな絵をお選び下さい」

忠吉は手にある数枚の絵を見せた。

「そうね、これにしようかしらね」

老婆は一枚を選んで、

「私の若い頃に、そっくりです」

手にした絵を見てそう言うと、

「永春さんによろしくね」

色っぽい目つきをして帰って行った。

「忠吉！」

店の奥から庄助が呼ぶ。

「なんだよ、これからだっていうのに」

忠吉は店の中に入って来て口をとんがらした。

「おまえ、気付いていないか……みんなの様子がおかしいと思わないか……」

庄助は店の奥の方に視線をちらと走らせると言った。

「そういえば、みんな集まってこそこそ話をしているような……」

「だろ？」

「それに、皆の顔が普段と違うよな」

「だろ？」

「何かあったに違いないよ」

忠吉は小首を傾げた。

「まさか、お店が左前になったんじゃないよね。もしそうなら、これからどうするか考えなきゃ、忠吉だって困るだろ」

庄助ははたきを手にしたまま、忠吉の耳に囁く。

「お店の事じゃないよ。おいらは、何か事件がおこったんじゃないかと思うんだ。だってそうだろ……清さんが昨日から変だしさ……今日は与一郎さんも小平次さんも、まだ来てないんだ」

　忠吉が囁き返したその時、

「二人とも、おしゃべりばかりしていては駄目ですよ」

　おゆりが出て来て、帳場の前に座った。

　忠吉は庄助と顔を見合わせて頷くと、おゆりに近づいて訊いた。

「おゆりさん、清七さんは今日お店に来るんですよね」

「あっ、清七さんね、美濃に旅に出たんですよ」

　おゆりは、さらりと告げた。

「えっ、美濃に……なんでまた？」

「切り絵図の紙のことで、直接紙を漉《す》いている人たちにお願いしたい事があったんです」

　おゆりは、帳面をめくりながら言う。

「ふーん、そうなのか、庄助さんが変なこと言うから心配したよ」

　忠吉の呟きに、向こうで庄助が顔を顰《しか》めて睨んでいる。

　おゆりは、忠吉が納得したことで、ひとまずほっとして、帳面を付け始めたが、店に引き返した忠吉が、また戻って来て、おゆりに訊いた。

「それはそうと、与一郎さんと小平次さんは……まだのようですが」

忠吉は店の中を見渡す。勘の良い少年だ。

おゆりは慌てて言った。

「二人は切り絵図の下調べですよ。忠吉、いちいち気にしないで、忠吉は忠吉のお役目を果たしなさい」

おゆりは、ちょっぴり厳しく言った。

「すみません……」

忠吉は謝るが、まだやはり納得しかねるような顔で小首を傾げて店の表に出て行った。

その頃、忠吉や庄助が気にしている清七郎、与一郎、小平次は、板橋の宿《しゅく》にいた。

板橋は江戸の四宿《ししゅく》のひとつで、ここから中山道に入る。

日本橋からはここまで二里半ほどで、旅籠《はたご》は五十軒程。宿の中は上宿、仲宿、平尾宿と三つに分かれていて、上宿と仲宿の間には、石神井川が流れており、この川に架かる橋を『板橋』と呼ぶことから、宿の名前は誕生したようだ。

紀の字屋の三人がいるのは、この板橋の仲宿側にある、大きな松の木の下だった。

清七郎は鈍《にび》色の小袖に焦げ茶色の裁付袴、羽織は革の袖無しで、これは藤兵衛が「動きやすいし暖かい」と自分が昔使っていたものを貸してくれたものだ。

そして腰には大小の刀を差し、頭は武士髷《まげ》に結い、一文字笠をかぶっている。

見違えるようなきりりとした雰囲気で、与一郎はその姿をためつすがめつ眺め、

「様になっているじゃないか、馬子にも衣装とは、よく言ったものだな」

くすりと笑って、少し離れた場所で、三人の別れを見守っている勘定吟味役佐治長門守の家来、坂巻真次郎と、山の民丸出しの勝三をちらと見遣った。

坂巻真次郎も同じような旅姿だが、こちらは小袖は濃紺、裁付は黒で、鋭い視線を走らせている。

「必ず帰ってくるんだ。みんな待っているからな。切り絵図制作にしたって、清さんには清さんの仕事があるんだ。俺も小平次兄いも、清さんのような美しい字は書けないんだから」

与一郎は、視線を清七郎に戻すと真顔で見詰めた。

「ありがとう、きっと帰ってくると約束する。それまで二人には負担を掛けるが

よろしく頼む」

清七郎も見詰め返す。

「清さん……」

小平次は、風呂敷包みを清七郎の前に突きだした。

「おゆりさんからだ。飛騨は冷えるだろうって……夕べ徹夜で縫ったそうだ」

「すまん、礼を言っていたと伝えてくれ」

清七郎は風呂敷包みを受け取った。

小平次と与一郎は、顔を見合わせて、にやりと笑う。

「なんだよ、その笑いは……」

清七郎は照れくさそうに言う。

「分かっているくせに……実は俺も渡したいものがあってな」

与一郎はごそごそと懐を探っていたが、お守りを引っ張り出して清七郎の掌に載せた。

国から出てくる時に、父親の惣兵衛《そうべえ》から渡されたものだ。

掌の上には、かなりくたびれたように見える『夔《き》の神』のお守りが載っかっている。

「良いのか、親父さんが持たせてくれたものじゃないのか？」

「帰ってきたら返してくれればいい。信じる者は救われるっていうだろう」

与一郎は柄にもなく、ちょっぴり気恥ずかしそうだ。

「すまん」

清七郎は、懐奥深くに、お守り袋を入れた。

三人はもう一度、顔を見詰めて頷き合った。

命を賭けた危険な旅の出発だが、清七郎の胸は温かい。二人の見送りで百人力を得たと思った。

長谷の屋敷を追い出された清七郎は、貧しい母との暮らしを助けるために商いをしていた。

当然同じ年頃の子供たちとも遊べずに、真の友達を得ることは出来なかった。

血を分けた兄弟はいても、兄の市之進は、清七郎を小者ぐらいにしか思っていないだろう。

そんな中で切り絵図づくりを通して出来た与一郎と小平次との関係は、友情を通り越して兄弟のような深い絆になっている。

それは、この旅に出ると決めた時から、いっそうしみじみと胸に迫ってきた。

「じゃあ……」

清七郎が二人に手を上げて頷いたその時、

「清七郎殿……」

坂巻真次郎と勝三が馬三頭を引いてきた。

「どうしたのですか、その馬は……」

驚いて訊いた清七郎に、

「幕府御用のための馬です。佐治の殿さまから吟味役の公用札を預かっておりまして、それを使いました。これがあれば早馬も早駕籠《はやかご》も利用できます」

坂巻は三頭の馬を誇らしげに見遣る。

「清七郎さま、飛騨までは遠いんです。お父上の事を考えれば一刻の猶予もありやせん」

勝三も言った。

「有り難い、恩に着る」

「全ての道程を早馬という訳にはいきませんが、急ぎましょう」

坂巻の言葉を合図に三人は馬に跨がった。

与一郎と小平次が、清七郎に手を上げて別れを告げたその時、

「お待ち下さいませ、清七郎さま……」

大工姿の男が走って来た。

神田鍛冶町に店を構える宮大工の時蔵《ときぞう》だった。

昨日尋ねておきたい事があって、清七郎は時蔵の家を訪ねている。だがその時、時蔵は留守だった。清七郎は落胆して引きかえしている。

それというのも一月《ひとつき》前に、山林方の坪井平次郎《つぼいへいじろう》殺害に関して何か知らないかと時蔵に話を訊いた時、坪井は飛騨の御林の伐採や管理のお役目を担っていたと教えてくれた事があったのだ。

しかも坪井は飛騨の木材伐採の権利を握っている材木問屋の『上総屋』と懇意だったと言う。またその上総屋は、伊豆の高台に幕府の要職についている名を伏す人物の別荘を建てたらしいが、時蔵がその仕事を請け負ったという事を聞いていたからだ。

上総屋は、清七郎の父長谷半左衛門が追い詰めようとしている、勘定奉行の谷田部と懇意の仲だ。

名も知れぬ伊豆の別荘の持主がもし谷田部だとしたら一大事で一度確かめなければならず、別荘を建てた場所を、清七郎は時蔵から聞き出したいと思ったのだ。

「間に合って良かった……」

時蔵は荒い息を吐きながら、丸めた紙を清七郎に差し出した。

「これは……」

受け取って訊いた清七郎に、

「伊豆の別荘の所です。清七郎さまは昨日これをご覧になりたくて、あっしを訪ねてこられたのですね。今朝紀の字屋に参りましたら出立された後でしたので、走って追っかけて参りやした」

「ありがとう。おおいに助かる」

清七郎は礼を述べると馬の手綱を取って踵《きびす》を返した。

与一郎、小平次、そして時蔵が一行を見送って板橋の宿を後にした時、みかえりの松近くの茶屋から、二人の薬売り風の男がすっと立ち上がると、急ぎ足で清七郎たちを追っていった。

身の軽い、しかも隙の無い身のこなしは、とても町人とは思えなかった。だがこの二人に、誰も気付く者はいなかった。

清七郎たちは板橋を出発すると、軽井沢を経て下諏訪まで出た。ここまで四十九里七十七丁、三日と半日で到着した。

和田峠などの険しい道は馬に乗るのは控えていたし、途中冷たい雨に打たれることもあったりして、ここにたどり着くのに半日は遅れている。

とはいえ全て徒歩ならここまで五日はかかる行程だから、馬を使った事で、ずいぶんと時間の短縮にはなっている。

三人は馬から下りて宿場を見渡した。

下諏訪は中山道の二十九番目の宿だが、ここはただの宿場ではない。通りは大いに賑わっていた。

諏訪大社の参拝客や温泉目当ての旅の者、それにここは甲州街道の三十九番目の宿に当たり、中山道と甲州街道との合流点で、人の行き来もひときわ多い。

「今日はゆっくり休みましょう」

脇本陣の前で坂巻は清七郎と勝三に言った。

「こんな立派な宿に泊まるんですかい」

勝三は、ちょっぴり弾んだ声で訊く。

「任せてくれ、これがあるからな」

坂巻は佐治の殿さまから預かってきた公用札をちらと二人に見せると、お客を出迎えに表に立っている番頭にそれを示した。

宿場の本陣も脇本陣も、参勤交代や高貴な人たちが宿泊となっていれば、いくら札を持参していても泊まれない。

だがこの日は、本陣にも脇本陣にも、そうした人たちの宿泊を告げる幕はみえず、三人はすんなりと脇本陣の宿に入れた。

「どうぞ」

番頭は神妙な顔で頭を下げると、三人を宿の二階奥の部屋に案内した。

「酒を一本付けてくれ。明日は六ツには出立するが、三人前の弁当と水を頼む」

坂巻は如才なく番頭に頼んだ。

「あっしは大風呂に入ってきやす」

勝三はそう告げると、いそいそと部屋を出て行った。

だが、あとの二人は交代で風呂に入ることにした。二人は佐治の殿さまから大金を渡してもらっている。

それはおそらく長期になるだろう飛驒やその他の地での探索や滞在に必要な金だったのだ。

「よし、私が留守番をしよう」

清七郎は坂巻に先を譲ると、畳の上に大の字になった。

体が畳に落ち込んで行く。疲れていた。

清七郎は、あっという間に眠りに落ちていった。


清七郎は深い霧の中に立っていた。どうやらそこは飛騨の山の中のようだった。

大きな杉が林立し、その杉は天まで伸びていて、下草は枯れ、冬の杉林のようだった。

見渡しても誰も居ない。清七郎一人が立っていた。

——何をしているのだ……どうしてここに立っているのだ……。

不安で顔を回した時、ふっと目の前に異形の像が現れた。

像は霧の中で浮かんでいたが、杉の枝の伸びている天からかすかに落ちてくる光に照らされて黒光りに光っている。

——夔の神……。

清七郎は驚愕した。

与一郎が渡してくれたお守りの夔の神の像が、こっちを見ているのだ。

奇妙な一本足の、おっとせいとかいう海の獣に似た顔が目を光らせて、何か自分を呼んでいるようにも見える。

——どうしたのだ、何があるのだ。

清七郎が問いかけた時、夔の神はくるりと背を向けて、杉林を下り始めた。

「待ってくれ、教えてくれ、夔の神！……父上の居場所をご存じなのか……父上！……父上！」

子供のように父の名を呼び、追いかけようとした清七郎を、背後から呼ぶ声がした。

「清七郎殿！……清七郎殿！」

はっとして目を開けると、坂巻が覗いていた。

「これは……」

飛び起きた清七郎に、

「お父上の名を呼んでおられた……」

坂巻は言った。

清七郎は苦笑した。少し恥ずかしかった。どんな声を出していたのだろうかと思ったのだ。

「いいお湯でした。入って来て下さい」

坂巻は笑みを浮かべて頷いた。

清七郎が慌てて湯殿に行き、帰ってくると、既に膳が用意されており、勝三も戻ってきていて、清七郎を待っていた。

三人は久しぶりに酒を口にし、腹もぞんぶんに満たした。

女中が膳を下げ、お茶を置いていったん下がると、

「勝三、おまえは先ほど何か持って帰ってきたろう……あれはなんだ？」

坂巻真次郎は、お茶を手に取って勝三の顔を見た。頬には少し柔らかい表情が漂っている。

なにしろこの三日余の間、清七郎もそうだが坂巻も険しい顔をして、余計な会話を交わすことはなかったのだ。

清七郎は父親の一行の安否ばかりが頭を巡り、息をするのも苦しいほどの切迫感に包まれて、道中の景色に目が行かないのはむろんの事、無駄口ひとつ叩く気にはなれなかった。

ようやく……そう、ようやく父と倅としての繋がりを確認し、父親の愛情は清七郎誕生の時からあったという話も聞き、ひしひしと親の愛を感じたところに悲

報を受けたのだ。

しかも父は旅立つ前に、清七郎を長谷家の次男として届けている。万が一の事を考えてのことだったに違いないが、長谷家を助けるようにと清七郎は直接言われている。

――これから少しは倅として父に孝行もしたい……。

そういう時がやっと来たのだと、母の墓に詣でて報告したのもつかの間、行方知れずの報せであったのだ。

――たとえ一年でも半年でも堂々と父と倅として暮らしたことがあるというのならばともかく……。

清七郎の心は、きっと父の無事を確かめたいと逸るばかりであった。

一方の坂巻も、佐治の殿さまの命を受けて、清七郎の従者となったのだが、数ある家士の中から自分を選んでくれた事の名誉をひしひしと感じていた。

先に長谷半左衛門の手助けとして送られた桑井《くわい》尭之助《ぎようのすけ》と垣原《かきはら》治三郎《じさぶろう》も佐治家の手練れで、二人が長谷半左衛門の供に選ばれたと聞いた時には、少し悔しい思いをしたが、いよいよこのたびは自分の出番となった訳だ。

――しっかりと清七郎殿を補佐して、長谷半左衛門さまをお連れして帰らねばならない。

自分の役目を考えると、道中も終始目を配り、万が一の事がないようにしなければならない。

だから道程の事などを聞く他は、勝三に話しかけることもしなかったのだ。

また勝三は勝三で、佐治の殿さまに長谷一行の異変を報告した以上、これから始まる飛驒山中での探索には責任がある。

加えて自分は清七郎や坂巻のような武士ではない。

自分は飛驒の山の俠客だ。

侍の二人が険しく難しい顔をしているのに話しかけるというのは勇気がいった。

三人は、だんだんと気心が知れてきているとは感じていたが、無駄口をたたき合う仲ではまだなかったのだ。

だから突然の坂巻の尋ねに、勝三はきょとんとした。

「ほら、食事の前に隠したあれだ」

坂巻は三人の荷物を固めて置いてある一ヶ所に視線を投げた。

「ああ、あれですか。女房に買ったものです」

勝三は柄にもなく、照れくさそうに俯《うつむ》いた。

「ほう……」

むくつけき男の坂巻が感心したような声を出す。

「こんな時になんでございやすが、そうたびたび飛驒から外に出る訳ではありやせんので。先ほど風呂から上がって帳場の横を通った時に、こちらの宿に物を売りに商人がやってきていまして、ひょいと覗いたら、ふっと女房の顔が浮かびまして……」

勝三は二人の顔を見渡すと、

「すみません」

神妙に頭を下げた。

「勝三さん、いいんだよ。そんな事で気を遣わなくても」

清七郎が助け船を出す。

「けっしてこの旅を、軽く見ている訳ではございませんので……」

勝三はそう言い訳すると、立っていって、さっき隠した紙の包みを摑んで持って来た。

「この、諏訪地方の名産、諏訪小倉でございやす」

勝三は紙の包みを開いて、二人に反物を見せた。

「ほう……」

坂巻が驚いている。清七郎も覗いて驚いた。

生地は木綿のようだが、品の良い深い緑に薄い黄色、そして少しぼかした朱の色の縞が入った品だった。

「地が厚くって丈夫です。山中の暮らしにはぴったりでございやして……三十半ばの女房には少し派手かなと思ったんですが、新品の着物を買ってやるのは五年ぶりで、いつもは山を回ってくる古着売りから買っておりやして……」

「それはよかった。これからあんたの家に世話になるのだ。何か女房殿に買ってくれればよかったと思っていたところだ」

清七郎は言った。

「その通りだ。勝三の女房殿にも協力してもらわねばならぬからな。我らはきっと、元気な長谷さまたちを連れ帰らなければならぬのだ」

坂巻は勝三の肩を叩いた。

「へい、きっとお役にたつようお手伝いいたしやす」

勝三は言い、いそいそと反物を荷物の中に押し込んだ。

清七郎と坂巻は、顔を見合わせて頬を緩ませた。

第二話　飛驒川

一

一行が諏訪から南下し、飯田宿を経て中津川宿をまわり、下呂《げろ》に入ったのは更に五日後の事だった。

乗り継いできた馬もここでいったん藤治郎《とうじろう》という馬を扱っている初老の男に預けた。

「爺さん、客人の馬だ。何時でも乗れるように疲れをとってやってくれ」

勝三はそう言って馬を預けた。

通常旅人が馬を使う場合はこうはいかない。だが坂巻真次郎が公用の札を持参していることから、何かと融通が利いた。

「あっしの家は三里ほど先にございやすが、ここから歩いていただかなくちゃあなりやせん。馬にも休養を与えて、何時でも使えるように馬屋の爺さんに言っておきやした」

季節は十月の中程だ。空気は冷たかったが、この辺りは四方を山に囲まれているとはいえ、川筋にそって開けていて、川の両岸には湯煙が立っていた。草津温泉、有馬温泉、そしてここ下呂温泉は、日本三名湯として有名だとは聞いていたが、さすがに壮観だった。

川にも温泉が噴き出ているらしく、数人の客が湯に浸かっているのがみえた。

「疲れていると思いますが、もう少し上流を目指して歩いていただきやす」

勝三は言い、茶屋で一服していると、若い男二人が小走りにやって来た。

「お頭、お帰りなさいやし。お迎えに上がりやした」

若い二人は律儀に頭を下げた。

二人は背中に籠を背負っていて、その中にはなにやらいっぱい入っている。

「酒も十分に買っているな」

勝三がその荷を、ちらりと見て言った。

「へい、酒も肴もたっぷり買い込みやした」

二人は弾んだ声で応える。

勝三もそうだが、この若い男二人も総髪で、鹿革の袖無し袢纏を着ていて、腰にも革の腰当てを付けている。

「よし、で、変わったことはなかったんだな」

勝三は泰然とした顔で訊く。

道中では聞いたこともない、相手を圧倒するような声だった。

「へい、川下げは順調です。中呂の伝治郎《でんじろう》の親父さんが風邪をひいて休んでおりますが、他の者には変わりはございやせん」

どうやら二人は、勝三の言いつけで、山仕事の何かを監督しているようだった。

「清七郎さま、坂巻さま、あっしの手下でございやす。こっちの眉の太い男が以《い》蔵《ぞう》、そしてこちらの色の黒い男が甚五郎《じんごろう》です」

勝三は二人の若い男を紹介した。

二人はぺこりと頭を下げると、

「お頭、姉《あね》さんが首を長くしてまってておりやすぜ」

以蔵は勝三の方に顔を戻して言い、甚五郎と顔を見合わせてくすくす笑った。

「馬鹿野郎！　つまらねえ話をするんじゃねえや！」

勝三は照れ隠しに二人を怒鳴りつけると、

「いいか……このお方が、長谷さまのご子息の清七郎さま、そしてこちらが佐治の殿さまのご家来衆で坂巻真次郎さまだ」

清七郎たちを紹介し、

「一服したら出立だ」

勝三は言った。

勝三の手下二人を合わせて総勢五人が、更に川沿いの険しい道を上流に向かって進み、比較的広い土地が川の両側に広がる村に着いた。

黙々とここまで歩きながら、時折勝三から聞いた話によれば、五人が辿る道の下を流れる川は、益田川《ましたがわ》、別名飛驒川ともいうらしいが、そこには材木が引きも切らず上流から流れて来ている。

これが管流しといわれている運材流しの方法らしく、さきほど以蔵が勝三に報告した川下げと同じ意味を持つものだという。

「飛驒の山の木は、春の彼岸から秋の彼岸まで伐採し、川の近くの渡場と呼ぶ集積場まで運んで一年寝かします。そして翌年の九月の中旬から川の流れに落として川下に運ぶのです。先ほどの下呂や、もう少し下流の下麻生には藤の蔓で編んだ大きな網が掛けてありやしてね、上流から流れてきた材木をそこで受け、それから筏《いかだ》に組んで更に下流目指して下るんでさ」

勝三は説明した。

「お頭は、それら全てに目を光らせているんでさ。この飛騨にはなくてはならねえお方です」

甚五郎は勝三を自慢した。

「ここでは木の伐採や運搬が暮らしの糧《かて》になっているのだな」

清七郎は村を見渡した。山の中に開けたこの場所は、米や、何か作物が作れそうにも思えるのだが、よく見ると畑は痩せていて、ひ弱な草が生えている。しかもその草が冷たい風に揺れているのだ。

「ここは洪水がたびたびありやして、作物を作ることが出来ません。近頃は桑を植えて養蚕をやっているところもありますが、それだって家族が飯を食うほどの銭は稼げねえんで……飛騨の村の者たちは、皆山の仕事で食っていっているんでございやすよ。暮らしは厳しい。楽になるということがねえ」

勝三はそう言って、顔を曇らせた。

それからまもなくのことだった。山裾に建つ勝三の家に到着した。

板葺《いたぶ》きの平屋建てで、屋根の上には石ころが載っていて、軒が低い家だった。

そう言えばここに来るまでに見た家も、皆板で屋根を葺き、石を載せていて、江戸にある家屋から比べると随分と軒が低く作られていたなと清七郎は思った。勝三の家には、右手に厩《うまや》もくっついていた。よく手入れされた馬が一頭、餌をむさぼり食っている。

「虎《とら》、帰ったぞ」

勝三はその馬に声を掛けた。

側から甚五郎が言う。

「お頭の幼なじみに虎吉《とらきち》という人がいたらしいんだが、流行病《はやりやまい》で亡くなっちまって、それでお頭は、虎って名を付けたんです」

すると人のざわめきを聞きつけて、

「まああ、おいで下さいませ、お疲れになった事でございましょう。さあ、どうぞ中へ中へ……」

勝三の女房が出て来て愛想良く迎えてくれた。

なんとその女房の器量よしなこと、色の白い目のぱっちりとした女で笑顔が愛らしい。

勝三が照れながら、清七郎と坂巻を紹介すると、

「勝三の女房で、おまきと申します」

おまきは挨拶をし、

「以蔵さん、甚五郎さん、お二人に急いで足湯を……お湯は沸いてるからね」

勝三の手下に指図して、二人を家の中に入れた。

「ほう……」

坂巻は驚いて見回した。

広い三和土《たたき》がまずあって、隅っこには縦の長さが二尺、幅が三寸ほどの薄い板が束にして積み上げられていた。

以蔵と甚五郎が急いで運んで来た桶に足を浸して板の間に上がると、おまきがいろりで煮ていた猪鍋と酒を勧めた。

勝三の女房に手下の二人が加わっての食事になり、これまで心に抱えてきた重たいものが、ほんのひととき薄れたような錯覚に襲われたが、清七郎の胸の中で父を案じる気持ちが消えることはなかった。

「清七郎さま、大丈夫ですよ。きっとお父上さまはご無事です」

体が温まったところで勝三は力強くそういうと、いろり部屋の棚から一枚の動物の皮を持って来て清七郎たちの前に広げた。

「これは……」

強いいろりの火に照らされている絵図に、清七郎と坂巻は驚いて顔を見合わせて訊いた。

「へい、飛驒の山地図でございやす。お二人にひととおり説明しておきやしょう」

勝三は、いろりの火に照らされた鋭い目で二人を見た。

「ご存じでしょうが、飛驒の山は北方山と南方山に線引きされておりやすが、我々萩原から下呂の村人が関わっている山は、南方山でございやす。近年、伐採で山が荒れていて植林に力を入れておりやすが、お上の目をごまかして伐採する江戸の商人が横行してやして……」

と勝三は険しい顔で言った。

「その商人というのは、江戸の材木問屋上総屋ではないかな」

清七郎の言葉に、勝三は頷いた。

「その昔、この飛驒の山を領地としていた高山藩の殿さまは、出雲守さまと呼ばれておりやしたので、出雲守御台所木と称して、地元山方の者たちに伐採させ、また、商人請負木についても近隣の国の商人にその任を託しておりやした……」

ところが飛驒が、元禄五年に幕府の御林になってから、商人請負木は江戸の商人が実権を握るようになった。

木を伐採する杣《そま》も、江戸の商人は飛驒の者を使わずに、他国の杣を大勢引き連れてやってくるようになった。

「清七郎さま、坂巻さま、この飛驒の者は、飛驒の木を伐採し、それを飛驒川に落として下流に送り出す仕事で飯を食っているんですよ」

勝三は説明しているうちに、村人たちの話に及んだ時、思わず怒りがわき出てきたようだった。

以蔵も怒りで目を光らせて勝三の話に頷いている。甚五郎も頭を垂れてはいるが、その目は怒りを含んでいた。

そしていろりに枝をくべるおまきも、笑みを消して亭主の顔を見詰めている。

「ここ、飛驒では作物は出来ないといったな」

坂巻が訊いた。

「へい、山稼ぎばかりに頼っていてはいけねえってんで、お上は畑を作れ、桑を植えて蚕を飼えなどとおっしゃるのですが、この飛驒の、比較的土地が開けている萩原や下呂はともかく、上流では焼き畑をしたくても岩ばかりで、桑の木を植えても育たず、何をやっても駄目なんでございやす……」

勝三が嘆くと、以蔵が怒りの声を発した。

「そんな村人の暮らしを分かっているのに、お上は、江戸の商人に無茶なことをさせるんでさ。よそ者に仕事をとられては生きてはいけねえんでございやすよ」

清七郎と坂巻は、目をぎらぎらさせている以蔵の顔を見た。

すると黙って聞いていたおまきが口を挟んだ。

「以蔵さんのおとうは、杣を束ねていた男でした。ですが仕事をとられて皆にせめられて、林の中で自分で命を絶ったんですよ。甚五郎さんのおとうも、管流し、川下げともいうんですが、その仕事が無くなって、余所《よそ》に働きに行くって村を出て行ったんですが、行き方知れずです。生きているのか死んでいるのか分からないんです。そういう村人はたくさんおります」

おまきの話によれば、山の木は伐採する者たちと、伐採した木を川近くの集積場まで運んで積み上げ、決まった寸法に切り、木の皮を剝いたりして加工する者、またそれを九月の中旬から春にかけて川に落とし、川下の下呂の綱場や下麻生の綱場まで流す者など役割は決まっているのだという。

「山の民は皆、細々と息をつないでいるのですが、江戸の商人たちに仕事を奪われても何とか生きていけるのは、お頭の才覚のお陰です。お頭がいなかったら餓死するか、欠落《かけおち》するか、分かっているのは、ここでは暮らせねえって事です」

以蔵は言い、勝三の顔を見た。

すると甚五郎が続けた。

「お頭は、村の者たちの暮らしが行き詰まらねえように、元伐《もとぎり》と呼ぶ幕府御用材を伐ることを願い出て、山の民に仕事を貰ってきてくれやす。また飛驒では野分が来たり、大雨が降ったりしますと、川はすぐに氾濫し、管流し途中の材木、集積場の材木などは岸に打ち上げられたりひっかかったりいたしやす。それをお頭の号令で集めて河原に埋めておくんでさ」

「甚五郎、黙れ！」

勝三が一喝した。

「手が後ろにまわるぞ、命はねえ、この方たちはお上の方だぞ！」

慌てた勝三に、

「勝三、安心しろ。お前が義俠心厚い男だって事は分かっている。村人に頼りにされているお前を俺たちがどうこうするものか。長谷さまだってそういう気持ちがあったから、お前に山の案内をさせたんだろう……」

坂巻の言葉に、おまきが必死の顔で言った。

「ありがとうございます。確かにおっしゃる通り、亭主は侠客といわれる人種でございましょう。ですが、この人は、この土地にはなくてはならない人でございます。村人の暮らしの事ばかりを考えております。誰も口には出せない事を、村人の為にと声を上げてきましたし、あちらの村人が困っていると聞けば、きっとなんとかすると約束し、きっちりその約束を守っています。自分の命の危ないのもかえりみず、弱い人たちのために八方に走っているのです」

おまきの言葉には熱がこもる。

「あたしは、萩原の女ですが、この人によばいを掛けられて一緒になりました。当時は迷いもありましたが、今はこの人と一緒になって良かったと思っています」

「よく分かった、坂巻殿が言った通りだ。私たちは勝三さんを頼りにしているんだから、この土地の有様を、お上に見えてないところまで話して貰うほうが良いのだ。父が行方知れずになった謎も、それで解けるということもある」

清七郎は言った。

「清七郎さま……」

勝三は、きっと清七郎に顔を向けると、

「長谷さまは、お父上は、この山で様々行われて来た飛驒材伐採に関わる不正を調べに参られたのでございやすよ。誰もが訴えることも出来なかった不正を、お父上は調べに来て下さったのです。その長谷さまが行方知れずになってしまって……」

そして歯を食いしばり、

「材木商上総屋と、上総屋の裏で糸を引いているお役人の悪を、清七郎さま、お父上さまは暴こうとして下さったのです。あっしも、この二人も協力します。なんでもやりますから……」

清七郎の顔を見て、坂巻の顔を見た。

「いよいよ明日からだ。よろしく頼む」

清七郎は勝三の手を取った。

二

翌日清七郎と坂巻は、勝三たちに案内されて、長谷家の中間弁十郎が殺されていた場所に向かった。

飛驒には、杉のほか檜《ひのき》、檜葉《ひば》、杜松《ねず》、椹《さわら》などの林があるが、その場所は樹齢百年以上の杉が生い茂る林の中だった。

「こちらです」

勝三が示した場所には盛り上げた土があり、そのてっぺんには丸い石が置かれていた。

「弁十郎……」

清七郎は勝三の家から持って来た竹の水筒に入った水を、石の上に存分に掛け、江戸から持って来た線香を点《とも》した。

長谷の屋敷で共に暮らした仲間である。

長谷家の彦蔵もそうだが、身分の低かった中間の弁十郎たちも、常に清七郎の味方だった。

奥方の多加や嫡男の市之進にいじめられている清七郎を、遠くからそっと見守り、いじめから解放されて奉公人が集まる部屋に戻ってくると、

「お茶でも飲め」

などと言って、それとなく慰めてくれたのだった。

清七郎は屋敷を出ても、中間や若党や小者たちの温情を忘れたことはない。

「おまえさんの敵《かたき》は、きっととる。静かに休んでくれ。父をまもって命を落としたことを私は一生忘れない」

長い時間清七郎は手を合わせた。勝三は清七郎が立ち上がるのを待って言った。

「一度お話しいたしやしたが、長谷の旦那とその朝ここで待ち合わせていたんです。そしたらお供の一人が血だらけで倒れていて……」

「傷は……どんな傷を負っていた？」

「刀傷です。一太刀で額を割られた、あっしにはそう見えやした」

勝三は自分の額を指で差した。

「すると、殺ったのは侍ということだな」

坂巻が呟く。

「近頃ではこのあたりにも二本差しが雇われて入ってきています。杣は寄せ集め

です。春から秋にかけて多いときには何百人という杣がこの飛騨に入ってきていやす。何時、気にくわないことがあったと言って、その者たちが騒ぎ出すかしれたものじゃねえ。ですから、用心棒のような役目ですかね。にらみをきかせて杣たちを働かせるために、江戸の商人たちは必ず浪人どもを送り込んできます」

勝三は、いまいましそうに言った。

「ただ、一行が斬り合いをしているところを誰も見ていないとなると……」

清七郎は辺りを見渡した。

ひんやりとした澄んだ空気、静寂の中に聞こえてくる鳥のささ鳴き声、人の侵入をはばむような神秘的なこの場所で、誰に知られることなく凶行が行なわれたということか。

「父がその日、どこに行こうとしていたのか……何をどこまで調べたのか、それを摑まなくては先に進めないな……」

清七郎は林の中の風の行方を見るような目で辺りを見回した。

「これは、あっしの想像ですが……長谷さまはあの日は、不正に伐採された山を確かめ、その伐採した木の渡場……ああ、渡場というのは伐採した木を集積する場所のことですが、そこに行くつもりだったようでございやす」

勝三は言った。

「よし、まずそこに行ってみるか」

清七郎と坂巻は、頷き合った。

その時だった。

「誰だ、あれは……」

以蔵が険しい顔で、林の奥に目を凝《こ》らした。

清七郎たちも一斉にそちらに顔を向けるが、そこには林立する木の空間に、差し込む陽光がつくり出すまだら模様の他には何もなかった。

「おかしいな、確かに人の影が動いたような」

以蔵は、薄気味悪そうに首を傾げる。

「以蔵、おまえは若いのに、もう耄碌《もうろく》しちまったか」

勝三が舌打ちする。

「すみません」

以蔵はぺこりと頭を下げた。

「足下に気をつけて下さいやし」

勝三たちが先頭に立ち、清七郎と坂巻は、険しい山肌を下って行く。

道なき道だが、勝三が案内する山肌には、伐採した丸太を引いて下ろした跡がずっと続いている。

どれほど歩いたか、木を打つ音と合わさって人の声が聞こえてきた。

「渡場です」

勝三が前方に視線を投げた。

「これは勝三の親分」

勝三と清七郎たちが渡場に近づくと、高く積み上げられた材木と格闘していた男たちが、勝三に頭を下げた。

「何か困ったことがあれば言ってくれ」

勝三がそう言うと、

「ありがとうございやす」

木の皮を剝いていた男が笑顔を見せる。

そのやりとりをみただけで、勝三がこの山で、どれほど皆の信頼をあつめているのか知れる。

材木の皮を剝く者、寸法を測って切り揃える者、皆革の袢纏をひっかけてはいるが、体からは汗が蒸気となって立ち上っているようにみえる。

「ご覧の通り、ここから川に落とすんでさ」

勝三の説明通り、声を合わせて下を流れる川に順番に材木を落としていく。落とされた材木は、川の流れに揉《も》まれながら、せめぎあい、岸辺の岩にぶつかったりしながら下流に流れていく。

「やみくもに落としては、岩の多い急流のところでひっかかってしまいやす。落としどころが肝心で、誰でも出来るというものではございません」

勝三は作業のひとつひとつを眺めながら、

「ごらんのように、材木を川に流すには、皮を剝いだり寸法を合わせて切ったりと整えなければならねえのです。いくら江戸の商人が杣人を集めてやってきたと言っても、渡場の仕事や川流しは、この土地に住む者でなければできっこねえ。不正の作業に関わった人間がいるにちげえねえと、長谷さまは相当数の人間に訊き調べをおこなっておりやした。あの日も、あっしと山を見回ったあとは、村に下りて調べをするつもりだったんです」

清七郎に説明した。

「すると、この中にも、何か知っている者がいるかもしれぬと……」

「そうです」

勝三は頷くと、

「すまねえが、みんな手を休めて、こちらのお方の話を聞いてくれねえか」

勝三の一声で、作業していた二十人あまりの山の男が集まって来た。

「手を止めさせてすまない。私は長谷と申す。実は二十日程前に何者かにこの山で襲われた一行の身内の者だ。もう知っていると思うが、家来が一人この山の上の方で殺されていた事は分かっている。だが、その他の一行の行方が分からぬ。なんでもいい、見聞きした事を教えてくれぬか」

清七郎は、男たちの顔を見渡して訊いた。

男たちは互いに顔を見合わせていたが、一人の男が、

「俺は見た訳じゃねえが、この山肌を、斬り合いながら下の街道に雪崩落《なだれお》ちるように下って行ったと聞きやしたぜ」

「見た者がいたのか？」

清七郎は畳みかける。

「松蔵《まつぞう》っていう爺さんだ」

「何、地蔵堂の松蔵爺さんなのか？」

勝三が驚くと男は頷き、

「爺さんは、柴拾いにやって来て、その辺りで煙草を吹かしていたようだぜ」

「よし、行ってみよう」

勝三は言った。

すぐに清七郎たちは山から下り、街道を下った。街道と言っても、人や馬がやっと通れる程の、川沿いの狭くて険しい道だった。

清七郎たちは、逸る心を抑えて黙々と歩いた。

一刻ほど歩いただろうか、川の流れが少し落ち着いたかにみえる所に、川むこうに向けて蔓の橋が架かっているのが見えた。

「あそこだ」

以蔵が指さした。

蔓の橋の手前に地蔵堂があり、その横に小さな小屋のような家が建っている。

その家も、小さいとはいえ、勝三の家と同じで、屋根は板で葺き、石ころがごろごろと載っていた。

「爺さん、いるかい……勝三だ」

声を掛けながら、勝三は板戸を開けて中に入ったが、

「爺さん、具合でも悪いのか？」

土間の向こうの板の間で、若い男から脈をとってもらっている爺さんを見た。

「なあに、てえした事はねえんだが、風邪をひいてね。下呂で奉公している娘に会いに行った時に微熱が続いてるっていったもんだから、心配して藪庵先生の弟子をよこしてくれたんだが……」

爺さんは脈をとってくれている若い男を苦笑してちらと見た。

藪庵というのは本当の名前ではない。他国から流れて来た医者で、確かもっと立派な名があった筈だが、

「俺は藪医者だ。だから藪庵でいい」

などと患者に告げて、今ではすっかり藪庵という名で呼ばれている五十そこそこの医者だ。

「私は藪庵先生の弟子で達之助《たつのすけ》といいます」

若い男は言い、爺さんの病状は薬を飲めば問題ない軽いものだと言った。

「それじゃあ、ちょいと話がしたいんだが、いいんだな」

勝三が尋ねると、達之助は頷いて、爺さんの薬を調合し始めた。

「爺さん、二十日程前のことだ。渡場の近くで、お侍の一行が襲われるのを見たと聞いたんだが、覚えているかね」

勝三は尋ねた。

清七郎も坂巻も、聞き漏らすまいと爺さんのそばに寄った。

「口に出すのも恐ろしい、思い出したくねえ……」

爺さんは、ぶるっと身震いした。

「襲っていたのは、どんな男たちだったか教えてくれぬか」

清七郎は膝を寄せる。すかさず勝三が、

「この方は、あの時襲われていたお侍のご子息だ」

そう告げると、爺さんは気の毒そうな顔を清七郎に向け、そして観念するように頷くと口を開いた。

「襲っていたやつらは三人、身なりはこの土地の者たちとかかわりのねえ粗末な山着を着ていたが、めっぽう身のこなしが軽かったな。あれはこの土地の者じゃねえ。だいいち腰には二本差しだ。よそ者の殺し屋だな……」

爺さんの話によれば、三人は、凶暴な獣のように襲いかかっていったという。

爺さんは恐ろしくて、木の陰に隠れて見ていたのだが、襲われている方は四人だったか五人だったか、その一人は腕が無かった。

襲われる者たちも襲う者たちも、恐ろしい声を上げて打ち合いながら山肌をずり落ちるように下に向かって移動して行ったが、爺さんがおそるおそる下を覗いた時には、冷たい川に何人か落ち、下流に流れて行くところだった。

それだけではない。流されながらも岸辺の岩にしがみつこうとするのを、襲撃した男たちは刀で突くようにして、しつこく川筋を走りながら追っかけて行ったのだ。

——あれでは皆助かるまい。

爺さんはそう思ったというのであった。

「爺さん、山肌を下りる時には四、五人だったんだな」

坂巻が訊く。爺さんは首をかしげる。

「で、川に流されていったのは……」

坂巻が追って訊いたが、爺さんは三人か四人じゃなかったかとあいまいな事を言った。

清七郎は一瞬、息が停止したように思った。だがすぐに、勝三の言葉で息をついた。勝三はこう言ったのだ。

「皆死んでいるとは限らねえ。襲った者たちが追っかけても、川は険しい谷になっていて、河原の岩を乗り越えて追っかけるのには無理がある。それに、もう川落としが始まっていたころだ。川下に流れて行く木材に摑まれば、体力があれば下流のどこかの岸にたどり着ける筈だ」

——ただ……。

と勝三は、あとの言葉は胸にしまった。

流されて行く材木は、互いに強く当たって跳ね返されたりしながら流れて行く。そこに人の体が挟まったら怪我ではすまない。命をとられる。

襲撃から逃れたとはいえ、三人程が危険な状態で川を下って行ったことは間違いない。

「じゃ、私はこれで……」

若い医者の弟子は、深刻な話をしている清七郎たちに遠慮して、小さく頭を下げて帰って行った。

勝三は言った。

「明日からは川筋を下流に向かって丹念に調べてみやしょう。何、怪我をしているかもしれねえが、助けを待っているに違えねえ」

三

「先生、ただいま戻りました」

爺さんの脈をとっていたあの達之助が、下呂の医者、藪庵の家に戻ったのは、七ツを過ぎていた。

「どうだったのだ、爺さんの具合は……」

部屋の中から藪庵の声がした。

達之助は部屋の中に入ると、膝を折って座り、

「たいした事はありません。薬を飲めば数日で元気になると思います」

報告しながら、達之助は夕餉《ゆうげ》の膳を運んで来たおちよをちらと見た。

藪庵はもう酒を飲んでいた。顔も赤くなっているところを見ると相当酒が入っているようだ。

おちよは診療所の台所女中で、通いで来ている。

実は達之助も、下呂の温泉宿の次男坊で、医者になるために通いで修業に来ているのだった。

「二人とも帰っていいぞ」

藪庵は、帰れ帰れと手を振った。

「じゃあ」

達之助は膝を起こした。

おちよが、これは何、あれは何ですからと膳の物を説明し、先生ちゃんと食べて下さいね、お酒ばかり飲んでは駄目ですからね、などと言い聞かせているのを横目に、一足先に藪庵の家を出た。

爺さんの娘に、爺さんの病はたいしたことはない、心配はいらないと知らせてやらなければならないと、足を急がせた。

爺さんの娘は、達之助の家の温泉宿の隣の宿で仲居をしているのだった。きっと達之助の診たてを待っているに違いないのだ。

だが、達之助は足を止めた。もっと気になる事があったことに気付いたのだ。

達之助は、おちよが帰って来るのを待った。

「あら、何か忘れ物？」

おちよは、にこりと笑みをみせた。おちよは達之助より三歳上で、いつも弟に対するように振舞っている。

達之助の方は同い年ぐらいに思っているから、少し不満なのだが、今日はそんな事を言ってはいられない。

「おちよさん、ちょっと気になることがあってな」

真顔で言った。

「何よ、そんな顔つきで、何かあったの?」

「あんたが助けたお侍さんだけどよ。名前もなんにも覚えてねえって言ってたな」

ますます顔を強《こわ》ばらす。

「そうだけど、何か分かったの?」

おちよの顔も強ばっていく。

「爺さんの家に妙な一行が来ていたんだ。それも勝三さんと一緒に……二十日程前に襲われた人たちを探しているらしいんだ。俺はよっぽど、おちよさんの家にいる人の話をしようかと思ったけど、よくよく考えれば、命を狙っている人かもしれないじゃないか。だから黙っていたんだけどな」

達之助はおちよの顔を覗いた。

「達之助さん、あの人の事は、誰にも言わないでねって頼んでいるでしょ」

おちよは怒ったように言った。

「分かってるよ、だから言わなかったんじゃないか」

「あの人の傷はまだ治っていないし、だから歩くのだって、やっとこさっとこ、そんな時に見つかったらどうなるか……」

「そうだな、確かにそうだ」

達之助は腕を組んで、おちよの顔を見た。

それにしてもおちよは、あの得体の知れない男の話をすると、妙にムキになる。まさか気がある訳じゃあないだろうなと、達之助は不安になるのだ。

「私がいいというまでは、誰にも言わないでね」

おちよは怖い顔で念を押す。

「分かったよ、分かったけど、ひとつ訊いてもいいかい」

「何よ、まだあるの」

「おちよさんは俺のことを、どう思ってる？」

「どうって……仲間だって思ってる」

「それだけ？」

「何よ、今日はおかしいいんじゃないの」

おちよは歩き出した。

達之助は、追いかけながら話しかける。

「だって、おちよさんが、あの記憶をなくした男のことを好いているんじゃねえかって」

「達之助さんに関係ないでしょ」

おちよは笑った。

達之助は大股でおちよの前に回ると、

「関係ねえことはねえ。俺は、俺は、いつかおちよさんと診療所を開けたらいいなって思っているんだぜ」

思いきって言った。

これまでずっとおちよを思っていたのだが、肝心のおちよが無関心で半ば諦めていた。

いや、いつか分かってもらえる時が来ると願っていた。

ところが、二十日程前に大けがをした男を助けた時から、おちよはその男の心配ばかり口にするようになった。

達之助はだんだん不安になっていたのだ。

――このまま黙っていたら、おちよは何も気付かないだろう。

顔色を変えて男を庇うおちよを見て、達之助の心に火がついたのだ。

だが、おちよは、ころころ笑うと、

「達之助さん、その話、私と所帯を持つってことなの？」

達之助の顔を下からのぞき込むようにして言った。

「そうだよ、おちよさんのようなしっかりした人が好きなんだ。年上の女房は金のわらじを履いてでも探せっていうじゃないか」

達之助は必死だ。だがおちよは、

「ありがと。でもね、あたしはおとっつぁんと二人ぐらしだもの、おとっつぁんを一人にしてお嫁に行けるわけないじゃない。まっ、達之助さんが診療所を開けるようになったその時には、お手伝いします。でもね、達之助さん。先生の弟子とはいえ、まだまだでしょ、勉強して、腕を磨かないと……」

「ちぇ」

おちよの言葉に反論出来ない達之助は、

「じゃあね」

手を振って帰って行くおちよの背中を、悔しそうな顔で見送った。

達之助とおちよの会話に出て来た侍は、下呂の河原に湧く温泉に一人で浸かっていた。

侍は沈み行く夕日をぼんやりと眺めているが、その背が寂しい。湯の中から出ている半身は鍛えられた肉体だと一目《いちもく》して分かるほど締まっているが、その髪はざんばらにして垂らしたのを首の付け根あたりでひとつに結んでいて、まるで戦いに負けて敗走してきた落ち武者のようだ。

日が落ちるにつれ、河原には人の影が無くなっていく。侍はそれを待っていたように、河原の温泉から立ち上がった。

だが、すぐには湯の中から出られない。這い上がるようにして河原に上がる。侍の左足は大きな傷を負い、だいぶ癒えてきたとはいえ、歩行もままならない。

自分の足を自分の両手で抱えるようにして河原に座ると、そこで衣服を引っかけ、痛んでいる足に草履を履かせて、木の枝で作った松葉杖二つを頼りに立ち上がり、ゆっくりと河原を歩いて行く。

「権兵衛《ごんべえ》さん……」

おちよが土手を駆け下りて来た。

「随分長く浸かっていたんですね。大丈夫ですか？」

手を貸そうとするが、権兵衛と呼ばれた侍は、右手を上げ、大事ない、一人で歩ける、とおちよの差し出した手を断った。

一歩ずつ杖を頼りに歩くその男は、だれあろう吟味役佐治長門守の家来で桑井尭之助その人だった。

清七郎の父、長谷半左衛門の供として、この飛驒の地にやって来た男である。

「お気を付けて下さい。あっ、そこに石ころが……」

おちよは、はらはらしながら権兵衛を家に連れ帰る。

「おとっつぁん、ただいま」

おちよが土間から父親に声を掛けると、いろりにかけた鍋で何かを煮ていた父親が、

「権兵衛さん、今日は鴨の肉だ。力がつく。ささ、食べて下され」

人の良い笑みで迎えた。

「すまぬ、雑作《ぞうさ》を掛ける。この足がもう少し動くようになれば……」

権兵衛と名乗っているらしい桑井は、痛めた足を撫でながら悔しそうに言う。

「あせらぬ事じゃよ。この冬を越せば歩けるようになる」

おちよの父親は慰めながら、椀に鴨の肉を入れ、権兵衛に渡してやる。

「いただきます」

権兵衛はそう言うと、椀の汁をまず吸った。そして、

「うまい……」

思わず口走って、おちよに笑みを送った。

「良かった、おとっつぁん、権兵衛さん美味しいって……」

おちよの声は弾む。

父親と権兵衛に給仕をしながら、だがいつか元気になって権兵衛がこの家を出て行くのではないかと思うと、おちよは虚しさにおそわれるのだ。

――いや、以前の事を思い出せなければ、出て行くといったって、どこへ行くか行きようがないんじゃないか。

足の傷は治っても、記憶は元に戻らないでほしい。

権兵衛を交えた三人の暮らしが日を重ねるごとに、おちよはそう思うのだった。

――それにしても……。

何故あのような場所に、この方は倒れていたのだろうか。

おちよは、二十日程前に父親と山に薪を取りに行き、その帰りに、飛驒川の岸

辺で倒れている男を見付けたのだ。

二人は背負っていた薪を道ばたに置き、岸辺に下りて倒れている男を見た。どうやら侍のようで、手には刀を握りしめている。しかも左の臑《すね》から足先にかけて血が流れていた。

「お侍さん、しっかりしなせえ！」

おちよの父親は、侍の頰をぱちぱちと叩いた。侍はうめきと一緒に微かに動いた。

「生きている。助かるかもしれねえな。だがこんなところでは……」

途方に暮れて辺りを見渡した時、川に沿って通っている街道を、馬を引いて近づいて来た者がいる。

なんとそれは、下呂から高山まで荷物を運んだ馬で、下呂に戻るところのようだった。馬子は十七、八の少年だ。

おちよは街道まで駆け上がると、

「怪我人です。その馬で運んでくれませんか、頼みます」

馬子に手を合わせ、紙財布の中に入っていた銭を、その手に握らせた。

藪庵先生から手当を貰ったばかりで、馬子には百文ほど渡した。

馬子は承知した。どうせ馬の背には何も乗っていない。駄賃百文でも馬子にしてみれば有り難い筈だ。

好都合だったのは、馬子は若く力持ちだった事だ。

倒れている侍を、ひょいと抱えて馬に乗せると、藪庵先生のところまで運んでくれた。

藪庵先生は達之助に手伝わせて、傷口を縫い合わせてくれたのだ。

まもなくのこと、患者の一人が、山で斬り合いがあり、殺された者もいたらしいという噂を聞いたと藪庵に告げたことから、藪庵は侍の身を案じ始めた。

侍は重傷で、しかも記憶を失っている。なぜ飛驒の山の中で殺されそうになったのか、自分の名前すら分からない状態では、斬り合いの背景はまったく分からない。

「ひとつ言えることは、ここで治療をしている事が分かれば、また襲われるかもしれぬということだ」

危険は重傷の侍だけでなく、診療所の者たち全員に及ぶ。

藪庵先生はそう言って悩んだ末、達之助とおちよに、侍を治療した事は誰にも言うなと口を封じた。

　そして、手当をした侍を何処かに移さねばと考えたのだ。

　ただ、人の出入りの多い温泉宿の達之助の実家では、かえって危険だと考えたようだ。

　侍の傷口がふさがる五日後には、おちよの家で預かってほしいと藪庵は言ったのだ。

　そしてその当日、夜陰を待って、藪庵と達之助、それにおちよは、侍を診療所の手押し車に乗せて、おちよの家まで運んだのだった。

　手押し車は藪庵の考案で作ったもので、木の車輪と木の枠で出来ていて、人ひとりを座らせるか仰向けに寝かせて膝を曲げさせるかして乗せ、押して運べるようになっている特製の物である。

　この時に、侍の名をもう一度藪庵は訊いた。名が無ければ不便だと告げると、侍はじっと考えたのち、

「名無しですから権兵衛と呼んでくれ」

　そう言って寂しげな笑みを見せた。

　以後侍の名は、藪庵や達之助たちとの間では、権兵衛となったのだ。

　その権兵衛、食事が終わって箸を置くと、

「親父さん、私にも親父さんの仕事を教えてくれないか。座り仕事なら手伝える」

土間に目を遣った。

そこには、厚さ三分程、横幅は三寸、縦幅は二尺程の長方形の板が束ねて積み上げてある。

おちよの父親が、毎日土間に座って、飛騨の山で伐採した杜松と呼ばれる檜の仲間や、サクラやカラマツ、ナラやクリなどの木を、マンリキという道具を使って一枚一枚裂いて作った榑板《くれいた》と呼んでいる屋根を葺く板だった。

この辺りの家は、皆この榑板で屋根を葺いている。ただこの板は五、六年ぐらいしか持たないのだ。

だから十一月に入ると冬に備えて、耐久年が過ぎた家では屋根葺きを行うのだが、これが毎年どこかの家で葺き替える。

だからおちよの父親の仕事は、途絶えることなくあった。

権兵衛は、その板を裂く手伝いをしたいと言ったのだ。

「ありがてえが、木を裂くには腕の力ばかりでは出来ねえんだ。熟練の技がいる。それに、腰にだって足にだって力が入るんだ。権兵衛さんには無理だ。それより養生して元気になることだ」

おちよの父親は権兵衛に言った。

四

「このお寺でございやす」

柴を背負った若い男は、清七郎たちを堅牢な門を持つ立派なお寺の前に案内した。

若い男は、この寺に上流から流れて来た死体一体を、川下げ人足が運んだのを見たというのだ。

川下げ人足というのは、上流から流れてきた木が岸にひっかかって流れなくなったのを、流れの中に戻す仕事をしている者たちの事を言う。

「わっちもその時、丁度通りかかって見やしたから間違いねえ。ただし、その後その死体がどうなったのかは知らねえんですが……」

若い男は神妙な顔で言い、あとはこの寺の者に尋ねてみてくれと言い去って行った。

「立派な寺だな……」

坂巻が、堂々と建つ寺の屋根を見渡して呟いた。

「禅昌寺といいやす。茶人の金森《かなもり》なんとかいうお方が作った庭もあって、近在の者たちの自慢の寺でさ。俺などには気軽には入りにくいお寺でございやすよ」

勝三は苦笑すると、

「おい、和尚さまに掛け合ってこい。さっきの若いのが言った事は本当なのかと……」

手下の以蔵と甚五郎に命じた。

「へい」

二人は慌てて庫裏《くり》の方に駆けて行った。

すぐに二人は、走って戻って来た。

「確かにここに運び込まれたようです。埋葬したところへ小僧が案内してくれると言っておりやす」

清七郎と坂巻は、強ばった顔で頷きあった。

庫裏から出て来た小僧が案内してくれたのは、墓地の片隅にある無縁仏の墓だった。

大きな丸い石を置いただけの墓だったが、まだ線香を上げた跡もみられて、それ相応に寺は尽くしてくれたことは分かった。

清七郎と坂巻は、その遺体がいったい誰なのかと、不安を胸に秘めながら手を合わせた。

「こちらに葬ったご遺体は二体でございました」

小僧は言った。

「何、一体ではないのか」

驚愕して訊いた清七郎に、小僧は頷き、

「和尚さまがお話し下さるようです」

清七郎たちを庫裏の座敷に案内した。ひんやりとした空気が部屋を包んでいる。

皆畏《かしこ》まって待っていると、すぐに墨染めの法衣を着た住職が部屋に入って来た。

「我々はこの飛驒で行き方知れずになった者たちを探しに参った江戸の者です。こちらに搬送された遺体があると知りまして、先ほど小僧さんに墓も見せてもらったのですが、その遺体についてうかがいたいことがございまして……」

清七郎はそう告げると、名を名乗った。

「長谷さま……」

住職は、ちょっと驚いた顔で長谷の名を口にした。

清七郎はどきりとした。埋葬された者が父ではないかと思ったのだ。住職は清七郎の顔をまじまじと見ると、

「長谷半左衛門さまの縁につながるお方ですな」

清七郎の目をとらえた。

「はい、倅です」

清七郎は答えた。すると住職は頷いてから、

「お父上は、一度こちらに参られておる」

はっきりと言った。

「まことですか」

尋ね返す清七郎の胸は激しく打つ。

「さよう、一月《ひとつき》ほど前だったか、お一人でふらりと立ち寄られた……公用で飛騨に参ったのだが、金森宗和《そうわ》が作庭した萬歳洞を見てみたいと申されて」

「長谷さまが……俺も知らない話だ」

勝三も驚いている。

「疲れた顔をしておられた。わしが庭を案内すると、じっと長い間眺めておられ

たのが印象に残っておる。庫裏に戻ってから、お抹茶を点《た》ててさしあげたら、大変喜ばれての、飛驒に来てお抹茶をいただけるとは思わなかったと、随分元気な顔になられて帰られたのじゃが……」

「父はこの飛驒には由々しき不正があると知り、その究明のために供を連れて参っていたのです」

　清七郎は言った。

「ほう、由々しき不正とな……思い当たらぬこともない」

「ところが二十日程前に四人の供の者ともども行方知れずになりまして……」

「何、行方知れずだと？」

　清七郎は頷くと、山の民から聞いた襲撃された折の様子を住職に話した。供の者のうち一人は飛驒川上流の山中で殺され、残りの者たちはなだれ落ちるように川に飛びこんだりしたようだが、消息はつかめていないと。すると住職はすぐさま言った。

「飛驒川は激流じゃ。おまけに川下げの木材がひしめいている。とても無事にはすむまい」

「はい、こちらで埋葬して下さった二人の遺体がまさにそのようなものではなかったかと……」

清七郎は神妙に尋ねる。二人の遺体のうち一人は父ではないかという恐れが胸にうずまいている。

「うむ……」

住職は暗い顔で頷くと、

「これで納得がいきましたが、いずれの遺体も長谷さまではない。水死体は変わり果てた面相じゃったが、長谷さまであればわしが見落とす筈はない」

きっぱりと言った。そして先ほどの小僧を呼んだ。

「保管している遺品を持ってきなさい」

小僧がはいと言って部屋を出て行くと、

「こちらに運ばれた遺体は、二体だったと聞きましたが？」

小僧を待つ間に坂巻が訊いた。

「二体でした。ただ、ここに運ばれてきた日にちが違います。先にここに運ばれて来たのは、上流の水の中に沈んでいた者でした。そしてそのあとこの近くの川岸で見つかった者は、腕が無かった」

「腕が……」

ぎょっとして清七郎は坂巻と顔を見合わせる。

蔓の橋の袂《たもと》に家のある柴拾いの爺さんが見た光景、それによると、襲われた侍の一人の腕が斬られて無かったと言っていた。

「和尚さま……」

小僧が布に包んだ遺品を持って来た。

住職が受け取って清七郎たちの前に置いてから、布をめくった。

「！……」

清七郎たちはその遺品に目を凝らした。

黒漆塗りの印籠《いんろう》がひとつ、お守りがひとつ、そして小刀が一本。印籠には丸を二つ重ねた紋が入っていて、お守りは八幡宮の札、小刀は鞘に特徴があり、黒漆に赤茶けた錆《さび》を入れたような色合いだった。

清七郎は、思わず小刀を摑んでいた。

同じように坂巻は、印籠を摑んでいた。

「これは、長谷家の……小坂又之助《こさかまたのすけ》」

と清七郎が口走ると、

「この印籠は、垣原さんのだ。垣原治三郎……」

坂巻が言った。

二人の遺品を持った手が震えている。

「こちらのお守りは、腰に小刀を差していた方のものじゃ。ここまで流れてくる間に、なにもかも流されてしもうたものと思われるが、人相風体の判別はできなかった」

住職は数珠《じゅず》を持つ手を胸の前で合わせてそう言った。

「こちらの品をお譲りいただけますか」

清七郎の尋ねに、住職は頷き、

「この飛驒の山で騒動があったことは、わしも聞いておった。内心わしも、もしやあの長谷さまがその渦中にいるやもしれぬと案じていたところじゃった。この遺品は、どうぞ持ち帰って懇ろに供養して下され」

しみじみと言い、

「山で不正を行い、この飛驒の者たちの仕事を奪い、気に入らなければ刀をふりまわして脅す輩《やから》は、成敗されなければならぬ。皆口に出して不満を述べたくても言えないのが現状だ」

住職の声には怒りが見えた。

「念のためにお尋ねするのだが、長谷さま他二人の消息についてはお聞きになっておりませんか」

坂巻は、印籠を自身の手ぬぐいで丁寧に包みながら訊く。

住職は首を横に振った。

清七郎たちは住職の好意を謝して辞することにした。

一歩庫裏の外に出た清七郎は庭の見事さに驚いた。先程までは念頭から消えていたのだ。

「ご住職、庭を拝見してもよろしいですか」

清七郎の尋ねに、住職は頷き、自ら庭に出て先に立ち、石の配置や木々の配置、池に落ちる水の有り様を説明してくれた。

茶人金森宗和の作庭を目の当たりにしたのは初めてだったが、住職の説明によれば、大きな岩を山にみたて、下り来る山肌に低木の木々を配置し、水はその間を流れて来ている。

そこには苔も生えていて、紅葉したもみじの葉が苔の緑に落ちているのも、この山深い飛驒の地に都の風情をとり込んだ、閑雅な作りであることが分かった。

――父は、この庭を眺めて、何を考えていたのだろうか……。

じっと清七郎は庭を眺めた。その時だった。

清七郎の背後にある前栽《せんざい》が揺れた。

鼠色の小袖に黒色の裁付袴を着た鋭い目の男が一人、立ち上がった。

男の腰には大小の刀が見える。男は気づかれぬようにその場を離れた。

清七郎も住職も気付いていない。すると若い僧が近づいて住職に一礼した。

「お抹茶の用意ができたようじゃ。召し上がってお帰りなされ」

住職は清七郎に言った。


禅昌寺を出た清七郎たちは、川筋を辿って下流に向けて歩き始めた。

飛騨の杉林で長谷家の中間弁十郎が殺され、更に山肌を下った渡場で長谷家の若党小坂又之助、そして腕を斬られたまま流されていたと思われる勘定吟味役佐治家の家士垣原治三郎が命を落とした。

残るは、清七郎の父長谷半左衛門と、佐治家の家臣桑井尭之助、それに長谷家の小者弥助《やすけ》の三人だ。

皆川に落ちたかもしれないと考えると、助かっていれば、どこかの岸から陸に上がっている筈だと思ったのだ。

ところが川筋には、どこもかしこも、材木が流れている。その数たるや勘定できないほどだ。

あの材木に挟まれたり、あるいは水流の勢いを借りて流れてきた材木に当たったりすれば、怪我なしではすむまいと思われる。

やがて川を挟んで開けた土地に湯煙が立つ温泉地に一行は足を踏み入れた。

清七郎たちは手分けして、この湯の街で、三人連れが立ち寄っていないか密かに訊いてまわったが、

「三人連れだったかどうか知らねえが、二月前だったかな、江戸のお方が、三年前に飛騨の木の伐採を行っていた上総屋という材木問屋のことを調べていたのは知っているぜ。上総屋っていうのは、お上のご威光をちらつかせて、そりゃあ、酷い奴だったから……」

温泉宿から出て来た大根を担いだ中年の男が言った。

「何、上総屋はどう酷かったんだ、教えてくれ」

たたみかけるように坂巻が訊くと、

「あっしも雇われていたからな、死ぬほど働かされたんだ。手当は渋るし、文句をいえば、連れてきた浪人に刀を突きつけさせて脅すんだからな」

中年の男は、胸に溜まっていたものをぶちまけるような口調で言った。

「その浪人たちだが、まだこの湯の町にいるのではないのか」

清七郎が訊く。

「いるかもしれねえ。くわばらくわばらだ。やつらは『飛驒屋』ってぇいうこの下呂でも一番大きい宿に泊まっていたんだ。そういや、上総屋もそうだ。飛驒にやって来た時には、飛驒屋に泊まっていたようだ」

中年の男は思い出すような顔で言い、

「脅しただけじゃあねえ、奴らは口留番所とも通じていたに違えねえ、陰でどんな悪行を重ねていたことか……」

いまいましそうに口走る。

「口留番所……」

清七郎が問い返すと、勝三が説明した。

「川筋に置いてある関所の事です。流れてくる材木のひとつひとつを点検し、帳面にある記録とつき合わせ、間違いがねえか目を光らせている役人がいる番所でさ」

「そうか、不正に木を伐採してもその口留番所を通過出来なければ材木を飛驒から持ち出すことは出来ない……そういう事か」

「へい、ですから、お父上さまの居場所さえ分かれば、そういうからくりいっさい、はっきりするに違いねえんで……」

勝三は言い、少し考えたのち、

「いずれにしてもね、今日は日暮れまで一刻あまりだ。下流にある口留番所まで行くのは無理だ。時間が無い。今日は飛驒屋に探りを入れてみやしょう。旦那方はそこの茶屋で一服していて下せえ。あっしたちが様子を見て参りやす。そして、あっしたちが戻って参りやしたら、以蔵、おまえが懇意の宿に案内してさしあげろ」

以蔵に命じた。

「いや、私も行く」

清七郎は言った。だが、

「いや、旦那方は一見してよそ者と分かりやす。万が一奴らがこの辺りに潜んでいるとしたらあぶねえ」

勝三の言うことも頷ける。

清七郎と坂巻は、勝三たちを見送ると、街道筋にある甘酒屋に入った。

「ふたつくれ」

注文して待つ清七郎の体は鉛のように重かった。江戸を出てからずっと胸の内の重いものはほどけていない。その上、毎日終日山や険しい道を歩き回っているから、足はぱんぱんだった。

だが……と腰に手をやり、殺された長谷家の若党小坂の小刀を握る。怒りがまたふつふつと湧いてくるのだ。

坂巻も同じような思いに襲われていたのか、

「垣原さんは妻を娶《めと》ってまだ一年も経っていないのだ」

甘酒を飲みながら、ぽつりと言った。

「……」

清七郎には返す言葉が見当たらない。坂巻は続けた。

「今年の春先だった。皆で祝いの酒を飲んだのだ……苦労人でね、佐治の殿に腕を買われて徒《かち》で奉公を始めたのだが、すぐに供頭となった。殿の期待もあり、本人の忠誠も誰よりも厚かった。清七郎殿の父上の警護の話があった時、きっと守ってみせると私に笑って話してくれたが、まさかこのような結果になろうとは……」

坂巻は、垣原の死は受け入れられない、どんな言葉で垣原の内儀に伝えればよいのか分からぬと言う。

「父の警護についたばっかりに……私も無事に江戸に帰ることが出来たなら、お礼もお詫びも伝えたい」

清七郎が言ったその時、勝三たち三人が帰って来た。

「いやあ、口が堅くて……だがあっしの勘では、江戸者の浪人が滞在しているにちげえねえ」

勝三はそうは言ったが、日が落ちるまでどれほども無い。冬の日の落ちるのは早い。

「清七郎さま、更に川下に向かって調べねばなりやせん。ただ、下呂の三原を過ぎると街道は険しい岩肌を行かなければなりやせんので危険も多い」

「勝三さん、舟は使えぬのか？」

清七郎は尋ねる。川の水量は十分あった。舟を使えば徒歩の半分以下で目的地に到着するではないかと思ったのだ。だが、

「確かに舟を使う者もいないことはございやせんが、よほどの事が無い限り今の季節は控えやす。なぜなら材木が流れておりやすから危険です。当たればひとた

まりもありやせんからね。舟を漕ぐ達人でねえと、材木を避けながら漕ぐのは難しいんでさ」

ただ、管流しを終える下麻生から下流においては危険も少なくなるがと勝三は言う。

確かに勝三の言う通りだと清七郎も坂巻も納得した。

「では、今日はこの下呂の湯の町でみなさんは足を止めていただきやす。なに、あっしは家に帰りますが、以蔵と甚五郎を置いていきやすから、手足に使ってやって下さいまし」

ここから勝三の足なら、女房が待つ家までは一刻もかからないだろう。

勝三が家に帰るのを見送って、清七郎たちは以蔵が知っているという山手にある小さな温泉宿に向かった。

だが、宿に行く途中の夕暮れの林の道で、清七郎たちは三人の浪人者に行く手を阻まれる。

「何者だ！」

坂巻が叫んで、その手を柄《つか》に遣った。

浪人たちは応えなかった。ぎらぎらと光る目で睨みながら、ゆっくりと清七郎たちに近づいて来る。

三人とも凶暴な雰囲気をまとっていた。

三人のうちの一人は、あの禅昌寺の庭を覗いていた男だった。あとの二人も似たような色の小袖を着て、裁付袴は黒だった。

「命を貰う」

禅昌寺にいた鋭い目の男がそう告げると、息を合わせたように、他の二人も同時に刀を抜いた。

「おまえたちが何者なのか、おおよそ見当はついている。おまえが今言った言葉は、こちらの台詞《せりふ》だ。命が惜しかったら刀を終《しま》うのだ」

清七郎は言いながら、自身も刀の柄を、ぐいと上げた。

「もう一度言う。命を貰う」

三人のうちの一人が、癇癪を起こしたように言った。

「ちくしょう、何こいとる。どきんさい！」

甚五郎は、つい地元の言葉で怒鳴ると匕首《あいくち》を引き抜いた。

だがそんな威嚇に動ずる相手ではない。

「ふっ」

冷ややかな笑いを送って来ると、次の瞬間、一斉に飛びかかってきた。

清七郎は、刀を抜き放つと同時に、撃ち込んできた男の剣を跳ね上げた。坂巻が撃ち返す剣の音を背後にとらえながら、清七郎は再び襲ってきた男と激しく打ち合った。

思った以上に剣がたつ。力も強く、足をすくわれれば、

――殺られる。

と思ったその時、

「ぎゃ！」

以蔵の叫びが聞こえた。

振り向くと、以蔵が肩を押さえて、鋭い目の男に追い詰められている。

以蔵も甚五郎も匕首で受けていたのだが、浪人者たちの剣は匕首などでは歯がたたないのは明らかだ。

以蔵は肩口を斬られたようだ。肩を押さえた指の間から血が流れている。

「いかん」

目の前の男を払いのけようと清七郎は打って出たが、軽く躱《かわ》された。

「以蔵！」

甚五郎の声が響いた。ちらと見遣ると、以蔵がいまにも鋭い目の男に、刀を振り下ろされそうになっている。

「待て！」

急いで以蔵の方に移動しようとしたその時、

「うっ……」

鋭い目の浪人がうめき声を上げた。

以蔵を庇うようにして、菅笠をかぶった二人の見知らぬ薬売り姿の男が、浪人たちの前に立ちはだかっていた。

薬売り姿の男たちは、群青色《ぐんじょう》の股引きに草鞋《わらじ》を履き、濃い茶の小袖を尻はしょりして、黒っぽい袖無し袢纏を羽織っている。

肩には薬を入れた箱を大風呂敷で包んで掛けているが、そのきりりとした顔は、侍の、それも手練れだった。

形《なり》は薬売りだが、薬と書いた白い幟《のぼり》をくっつけた杖に仕込んでいた刀を抜き放っている。

「な、何者だ……」

以蔵に斬りかかろうとしていた鋭い目の男が恨みがましい声を発した。打たれた額に添えた手から血がしたたり落ちている。

浪人者たちと同じように、清七郎も、坂巻も、突然現れた二人の薬売り姿に驚いていた。

——敵なら手強い……。

仕込刀を構えた隙のない薬売り姿を注視したその時、

「この男を早く医者に……ここは俺たちに任せてくれ」

菅笠から覗く目の涼しい薬売り姿の男が、以蔵を顔で差して清七郎に言った。

「ひ、引け！」

浪人の誰かが叫んだ次の瞬間、浪人三人は我先に山の道を駆け下って行った。

「かたじけない、名をお聞きしたい」

坂巻が刀を納めた二人に尋ねた。

「通りすがりの薬売りだ。名乗る程のものではない、それより早く！」

医者が先だと促したのだった。

五

まもなくのこと、清七郎たちは以蔵を抱えるようにして、甚五郎が知っていた下呂の町医者を訪ねた。

軒に打ち付けた看板には『藪庵』とある。

「怪我人だ、大怪我をしている。先生、おねげえしやす」

甚五郎が土間から医者に声を掛けた。

「怪我人だと……」

藪庵は不服そうな顔をした。

なにしろこれから、おちよが仕度してくれる夕食を摂ろうかというところだったのだ。

だが、側にいた弟子の達之助が、以蔵に走り寄って傷を見て、

「先生、血を止めなければ」

藪庵に告げる。

「ちっ、仕方がない、上がられよ」

と藪庵は清七郎たちに言った。そして、台所に向かって、

「おちよ、食事は後だ、沸かした湯を用意してくれ」

おちよに叫ぶと、

「達之助、縫合の用意もしてくれ」

きびきびと命令し、

「まったく、何をやってこうなるのだ。こちらへ……そして三人さん、この怪我人を押さえるのだ。痛みで動くと針が頭に突き刺さる」

「ひぇ」

恐ろしい事をいうものだから、以蔵は今にも気絶しそうな青い顔だ。

「助けてくれ、痛いよう、おそがい、おそがい」

以蔵は、おそろしいおそろしいと叫びながらついには泣き出す始末だ。

「黙ってろ、命がほしかろう！」

藪庵は一喝すると、達之助に手伝わせて、手際よく治療していく。

ひととおり処置が終わると、以蔵は気が抜けたようになっている。

「十日はじっとして養生するのだ。七日目に糸を抜く」

藪庵は言い、おちよに熱いお茶を出すよう言いつけた。

達之助が手伝ってお茶が出て来た。だが藪庵本人は熱くした酒を飲み始める。

「刀傷じゃな。何をしでかしてこうなったか、わしは訊かぬ。だが忠告しておくぞ。刃物を振り回すような真似は止めるのだ。今回は軽くてすんだが、もう少し深く斬られていたら、お前の命はなかった筈だ」

以蔵は言われて、しゅんとなっている。

「藪庵殿、ひとつうかがいたいのだが、二十日程前に、こちらに江戸の侍が治療を願うということはなかっただろうか」

清七郎は、飲み干した茶碗を下に置いて尋ねた。

達之助とおちよは、はっとした顔で目を見合わせたが、黙って耳をそばだてている。

「いや、そのような者は来ていないな」

藪庵は、あっさりと否定し、おちよと達之助に、もう帰っていいぞと告げた。

「では先生、食事はお膳に用意してありますから」

おちよは言い、藪庵の家を出た。だが、本当はあの一行は何者なんだ、権兵衛さんと関係があるのではないか……おちよの胸に不安が過《よ》ぎった。

「おちよさん……」

達之助が追っかけてきた。

「どう思った……あのお侍たちのことだよ」

おちよは立ち止まって、

「悪い人のようには見えなかったけど、でも先生は、シラを切ったわよね」

「先生は、煩《わずら》わしいことが大っ嫌いな人だ。侍の斬り合いなんて、関わりたくないというのが本音なんだ。だけど、あの人たちが権兵衛さんの知り合いだったら」

「達之助さん、まだ権兵衛さんは何も思い出せないのよ」

達之助の口を封じるように、おちよは強い口調で言う。

「そうであっても、もし知り合いというのなら、江戸に連れて帰って貰えばいいじゃねえか」

「達之助さんて、案外薄情な人なのね」

おちよは、つんと鼻を上げると、足を速めた。

達之助は、舌打ちしておちよを見送り、振り返って藪庵の家を見た。

すると、あの怪我人を抱きかかえるようにして、一行が出て来るところだった。

達之助は視線を戻すと家路に向かった。

若い二人のそんな会話があったなどと知るよしもない清七郎たちは、藪庵に礼を述べて外に出て来た。

「以蔵、宿まで歩けるな」

清七郎は、すっかり元気を無くした以蔵に声を掛けると、一度藪庵の診療所を振り返った。

藪庵は江戸の侍の怪我人など知らぬと言ったが、その時、一瞬だったが清七郎たちに合わせていた視線を逸《そ》らせた。

——何か知っている。

と、その時清七郎は思ったのだ。

「清七郎殿、あの医者は何か隠していますな」

坂巻も清七郎と同じことを考えていたようだ。

「これは……」

家にたどりついた勝三は絶句した。

入り口の戸は外されていて、土間に駆け込むと、板の間も畳を敷いている部屋も、家財道具が散乱していた。

竈《かまど》の灰まで撒き散らしたようで、誰かが勝三の留守に入り込んで家の中をめちゃくちゃにしたらしい。

「おまき……おまき……おまき！」

勝三は女房の名を呼びながら、外に飛び出した。

「あんた！」

背後から声がした。

振り返ると薄闇の中に、おまきが諏訪小倉の反物を抱えて立っていた。頭には藁屑がいっぱいついている。

「無事だったのか……」

ほっとした顔で勝三が走り寄ると、

「おそがいっ、おそがいっ……怖かったよ〜」

おまきは勝三に縋《すが》り付いて泣き出した。

「すまねえ、留守の間にこんな事になっちまってるなんて、いったい誰にやられたんだ」

「知らねえ男たちだよ、鬼のような男たちだよ〜」

おまきは泣く。可愛らしく泣いて勝三の胸に縋り付く。

勝三は、まんざらでもない顔で、

「よしよし」

などとおまきの背中を撫でてやっていたが、あんまり泣き止まないので、

「おまき、おめえは熊と格闘した女じゃなかったのか……女だてらによ。あの時のおまきはどこに行ったんだ。もう大丈夫だから、落ち着いて話してみろ」

「そうだった……」

おまきは気付いて、

「今日の八ツ頃だったと思うけど、採ってきたキノコをより分けていたら、表の方で音がしたんだ……」

落ち着きを取り戻して話し始めた。

おまきはその時、家の裏の水場にいた。水は直ぐ近くに地下水がわき出ていて、そこから竹樋で引いてきている。年中涸《か》れることはないのだ。

おまきは聞きなれない音だと気付き、不安な顔で立ち上がった。表に出てみようかと思ったが、どうも様子がおかしい。それでそっと覗くと、見たこともない男三人が、家の中に土足で上がっていたのである。

おまきが驚いたのはいうまでもない。

「どんな奴らだったか覚えているな」

勝三が険しい顔で訊く。

「覚えていますとも。三人とも鼠色の小袖を着て黒い裁付袴を穿いていたんだ。

揃いも揃って鬼のような顔をして……あたしは思いましたよ。ああ、この人たちは人を殺しているって……」

ぶるるっと体を震わすと、更にその先を話した。

三人は手に刀を鞘ごと握り、あるいは樫の木の棒を握り、物色するように部屋の中を見渡した。

「女房は何処に行ったんだ！」

目の鋭い男が叫んだ。

三人はおまきに危害を加えるためにやって来たのだ。

おまきは恐ろしさのあまり、あっと声を出しそうになった。

その口を両手で押さえ、おまきは目を金盥《かなだらい》のように見開いて、三人の凶暴な姿を見詰めた。

男たちは誰もいないのに腹を立てて、八つ当たりするように、畳んであった布団を蹴飛ばし、物入れや簞笥《たんす》を木の棒でぶん殴って潰し、竈の鍋を投げつけ、灰までぶちまけた。

おまきは震え上がった。体が動かなかった。

――見つかったら乱暴される。手込めにされる。

その恐怖たるや説明出来ない。なにしろおまきの頭の中には、近頃あちらこちらの山の家で、留守番をしていた女房や娘が襲われるという話が現実のものとなっているのである。

その犯罪を繰り返す男たちは、二本差しでよそ者だと聞いている。男たちは、有無を言わさず女に暴行を加え、ついでの仕事に銭や金になりそうなものを奪い、あっという間に去って行くのだという。

男たちはひと通り暴れると、一人の男が矢立を出し、板戸に何か書き付けた。そして、

「よし、引き上げるぞ！」

ようやく男たちは諦めて帰って行ったのである。

幸いだったのは、馬を盗られなかった事だ。

おまきは男たちが去って行っても、しばらくそこにじっとしていた。だがまもなく、はっと気付いたように家の中に這い上がり、紙箱の中に保管してあった反物を出して胸に抱えた。

あの、勝三が買ってきてくれた諏訪小倉の木綿の反物だ。

「その時、あたしはまた恐ろしくなったんだよ。またやって来るかもしれねえっ

て。この反物だけは渡しちゃならねえって……それで、反物抱えて厩に入り、積み上げている餌の干し草の中に潜っていたんだよ。おまえさんの帰りを待っていたって訳なんだよ」

おまきは目をしろくろさせて告げた。

「そうか、大変な思いをしたんだな……」

勝三は、おまきの話が終わると、大きく頷き、家の中に入った。

「こ、ここだよ！」

おまきが指さすそこに、矢立の文字があった。

――余計なことに関わるな。今度は女房の命はないぞ――

戸板には、脅し文句が書いてあった。

「お、お前さん……」

おまきが心細そうな声を出す。

「大丈夫だ、お前に手は出させやしない」

勝三は、力強く言う。

「やっぱり長谷さまたちを襲った一味かね……まだこの飛驒に残っているんだね」

　どうするんだよと、おまきは勝三の顔を見る。

「そういう事だな。だがよ、俺は手を引かねえぜ。俺がこの飛驒の山で、みんなに頼りにされているのは何故か分かっているな」

　勝三は、怯えるおまきの顔を見る。

「分かってますよ。弱きを助け強きをくじく。お前さんはずっとそうやって生きてきたんだ。飛驒の杣人や川落としの人たちは、みんなお前さんを頼りにしてる。いいや、それればかりではねえ。お前さんは大雨で川が溢れて材木がちりぢりになった時には、村人たちに声を掛けて材木を隠し、ほとぼりがさめるのを待って売り払い、その金は皆と平等に分けている。お上に知れたら即刻首を刎《は》ねられるような事を、お前さんはやっているんだ。余所の国じゃあ、お前さんのような人を悪くいう人がいるけど、あたしはそこに惚れたんだから。あたしはね、お前さんの女房で良かったと思っているんだ」

　おまきは話しているうちに言葉が熱っぽくなっていた。改めて夫勝三の偉大さを知る思いだった。

「ありがとよ、おまき。だがな、これ以上お前を危ない目に遭わす訳にはいかねえ。お前がいてくれてこその俺だ。でえじな俺の女房殿だ」

勝三の言葉にも熱がこもる。

「おまえさん……」

おまきは、うっとりと勝三の胸にしなだれる。

「いいか、明日、お前は実家に帰れ。この仕事が終われば迎えに行く。家の中はこのままにしておこう。奴らはまた様子を見にやって来るにちげえねえからな」

勝三は、おまきの肩を抱き寄せた。

六

紀の字屋の台所に、味噌汁の匂いが漂い、菜を刻む音、膳の上に皿や椀を載せる音が、座敷で増板した刷りを点検している与一郎や小平次の耳に届いているが、二人は黙然として作業をしている。

藤兵衛は、不自由になった足をさすりながら、なにやら考え事をしている様子だ。

そしておゆりは、台所と茶の間を行ったり来たりしながら、夕食の準備に忙しいが、その頬には、ついこの間までの活き活きとした色はない。

いつもなら、膳を居間に運ぶ時間になると、

「おゆりさん、一本つけてくれているんだろうね」

とか、

「ああ、腹減ったな。腹が減っては戦ができない、とは良く言ったものだよ。おゆりさん、まだかい」

などと、与一郎も小平次も勝手なことを口走るのだが、清七が侍清七郎に姿を変え、飛騨に旅だった頃から、紀の字屋に漂う空気はなんとなく重い。

出てくる言葉と言えば、

「やっぱり、清さんがいないと張り合いがないや」

などと色付けを失敗すると、与一郎は言い訳するし、

「調べるったって、やっぱり清さんがいないとな。後で文句を言われたんじゃあ骨折り損になるんだ」

あの小平次も言う。

「お二人とも、そんな事を言っていないで、清七さんが留守をしている時こそ、

しっかりやらなくてはいけないでしょ。頑張って！」

おゆりは叱咤した日もあったが、そのおゆりも、胸の内は不安を抱えていて腹の底から笑えない。

紀の字屋の誰もが、清七の旅を案じているのだった。

与一郎が黙って立ち上がり、行灯《あんどん》に火を入れた時だった。

「与一郎さん、お先に帰らせていただきます」

忠吉と庄助が揃って顔を出して挨拶すると、店の方に引き上げて行った。だがすぐに、忠吉が戻って来て告げた。

「お店に客人です。長谷さまとおっしゃるお侍です」

「なんだって」

与一郎は客人が長谷と聞いて、小平次と顔を見合わせた。

「清さんの兄貴だな、よし、俺が会ってやろう」

与一郎は、顔を引き締めると店に向かった。

やはり客は、長谷市之進だった。

「何の御用でしょう」

与一郎は畏まって訊く。

「何の御用はないだろう……清七郎をここに呼んでくれないか」

市之進は横柄《おうへい》な口調で言った。

「清さんは美濃に出かけています」

与一郎はむっとして言った。

「美濃……何時帰ってくるのだ?」

「分かりません。商談が長引くこともありますから」

「ふん、頼みたいことがあったのに、肝心な時にはいないのか」

市之進は舌打ちして、店の中を見渡すと、

「だいたい、あんな人間に店を任せるから調子にのるのだ。いいか、あいつは、長谷家に後ろ足で砂を掛けるような不作法をして、勝手に屋敷を出て行った男だ。生意気にも程がある。普通なら二度と長谷家に出入りできない筈だが、長谷家の者は寛容だ。実際この私も黙認しているのだ。戻ったら屋敷は手薄になっている、家士として仕えろと言ってくれ」

踵を返した。

「待ちなさい!」

奥から藤兵衛が、杖を頼りに出て来た。

「長谷市之進さまでございますな。長谷家のご嫡男で跡を取られるご身分。そのお人が、たった一人の弟をあしざまに言うのはいかがなものでございましょうや」

藤兵衛は、厳しい顔で言った。

「そ、そなたは何者だ。誰に向かって言っている」

「市之進さまの弟が、何故に長谷家を去らなければならなかったのか、そのわけについても、そなたと、そなたの母上にあったのではないのかな」

「くっ……」

「屋敷を追い出されるようにして清七郎殿は出て来たのだ。しかし、その後も、長谷家やお父上、そなたにもお母上にも、常に忠誠を尽くしてこられたのではないか……」

藤兵衛の声には有無をいわさぬ力がある。あまりの威圧に、市之進は硬直して立っている。

「お父上が重い任務を負い、それが為に刺客に襲われた時、そなたは何をなさっておられました……あの時、お父上の命を救ったのは、清七郎殿ですぞ」

「そ、そんな事は分かっておるわ！」

やけっぱちに市之進は叫んだ。

「分かってはおられぬ、と存じます。あの時、万が一の事があれば、お家はどうなっていたか分かりませぬぞ」

「私に説教するのか……ハハハハ」

市之進は笑った。

「勘定組頭、長谷の嫡子に、町の、一介の絵双紙屋が説教を……ハハハハ」

「お黙りなされ。そなた様がそうして、お気楽に今暮らせるのは、あの時お父上がご無事であったからだ！」

藤兵衛は、一喝した。

ぎょっとした市之進に、

「大いに貢献している弟に、屋敷に戻って家士になれとは、暴言も暴言、そなたのお父上は既に、清七郎殿を長谷家の次男としてお届けになっておられる。兄なら兄らしく、振る舞いなされ！」

「くっ……」

市之進は反撃の言葉も見つからず、唇を噛むと表に走り出た。

「親父さん……」

与一郎が驚いて、藤兵衛を見上げている。

与一郎だけではなかった。小平次も、おゆりも、皆藤兵衛の迫力に圧倒されていた。


「ちくしょう、あの親父め、ただではすまさぬぞ」

市之進は、紀の字屋を走り出てきたものの、悔しさで胸は張り裂けそうだった。怒りをおさめるために小料理屋に立ち寄って酒を飲んだが、悪酔いしたようだった。

――このまま帰っては、織恵に嫌われる。

今度は、そっちが心配になってきている。

織恵が帰って来たのは、清七郎から説得されたに違いない。それが証拠に屋敷に帰ってはきたが、相変わらず市之進には素っ気ない。

織恵は長谷家に帰って来てから、寝付いてしまった多加を看病し、多加に代わって奥を治めている。だが市之進に愛情が残っていて帰ってきたのではない。織恵の態度を見ていれば分かる。その事も、市之進の心を乱していた。

市之進は、織恵が自分より清七郎を頼りにしている事を知っている。なによりそれが許せないのだ。

織恵の気持ちを、こちらに向けさせるためにも、自分は勘定人として一段も二段も出世していかなければならないのだ。

それは決して夢ではないと、市之進は思っている。なにしろいいお手本がいるではないかと……。

だれあろうその人は勘定奉行の谷田部のことだった。

谷田部勘定奉行は、もともと勘定所に、親類縁者や自分の後ろ盾となる人物は誰もいなかった人だ。

それが試験で見事勘定所に入った。ところが、横柄不遜な態度が上役の癇に障り、遠方の代官として飛ばされることになるのだが、谷田部の野心はそれで終わることはなかった。その後、猟官運動が効いたのかどうか再び江戸に舞い戻り勘定組頭になったのだ。

市之進の父親も拝命している勘定組頭は定員が十名で、実質勘定所を動かしているのはこの組頭だ。

大方の者が、ここまで上り詰めたら満足の至りだろう。あとはその上席にある勘定奉行定員四名の席が最高到達点といえる。

むろんその中にあって、勘定吟味役という特別な職務もあるが、単なる勘定所の図式においては、勘定奉行が勘定所お役の頂点になる。

その最高峰の席を狙って、谷田部は時を置かずして前任者の勘定奉行を追い落とし、ついには自身が勘定奉行の席に上り詰めた立身の人だ。その手腕には驚くほかない。

多くの勘定所の者が、谷田部奉行については恐れと苦々しい思いを持って眺めている中で、市之進は羨望の目で見詰めていたのだ。

――自分も谷田部さまのように出世してみたいものだ。

頭の上がらない父親より出世して、周りの人間をぎゃふんと言わせてみたい。

市之進は途方もない夢物語を描く。ただ、それが摑むことなど出来ない地位だということも分かっていて、心はますます塞ぐのだった。

――しかし、あの親父はいったい何者だ。

市之進は歩を緩めて、町人の癖に自分に向かって横柄な口をきいた、あの絵双紙屋の親父は何なんだと、頭の中は藤兵衛への憤《いきどお》りに変わった。

あの親父の、怒った時の言葉遣いは、あれは武士の言葉ではないかと思ったのだ。

ふん、侍崩れかもしれないな。しかしあんな老いぼれに俺様の何が分かるものかと、夕暮れの道を踏む。

なにしろ市之進は、父親の半左衛門が現在行方知れずで生死も判然としないという事など何も知らないのだ。

それどころか、勘定奉行の谷田部から、

「親父殿はどちらに参られたのじゃ、帰ってこられたら知らせてくれ」

などと親しそうに尋ねられ、市之進は谷田部に声を掛けられたことで舞い上がっている男である。

今、谷田部勘定奉行の意に添うように振る舞えば、きっと先々出世できる。市之進はそう考えている。

紀の字屋を訪ねたのも、清七郎に会い、父親の旅先などについて尋ねてみようと思ったのだ。それが、

「ちくしょう、役立たずめ！」

市之進は、足に触った石ころを蹴り上げた。

――あっ。

石ころが、近くの屋台でたむろしていた侍の集団の真ん中に落ちてしまった。

「誰だ！」

怒りの声とともに、数人の侍たちが、一斉に市之進の方に顔を向けた。

なんとその者たちは、勘定所の先輩たちだったのだ。

――まずいな……。

と思った。

酔っ払っている姿を見せたくないなと思った。

いつもは市之進に遠慮している人たちだ。それは市之進の父が皆の上役である勘定組頭ということがあるからだ。

市之進は、踵を返そうとした。

だが遅かった。市之進は、顔を赤くした連中に囲まれてしまった。

「どうして逃げるのだ？」

早速松下という男が言い、市之進の顔を見て、にやにや笑っている。

「いや、邪魔をしては悪いと思って」

「おい、聞いたか？」

市之進の言葉にすぐに反応して、松下は皆と顔を見合わせた。

皆揃って鼻で笑う。

　すると山田という男が続けた。

「なにしろ勘定組頭さまのご子息だ。俺たちとは身分が違う。こんな屋台で一緒に飲もうと誘っても応じることは出来ないわな」

　嫌みたっぷりだ。山田はいつもは、声を聞いたこともないようなおとなしい男だ。

「いえ、そんな事はありませんよ。ですが私も今日は一杯やっていまして、これ以上飲むと正体がなくなり、皆さんに迷惑を掛けますから」

「だって……」

　山田が言い仲間と目を合わせた。同時に皆へらへらと笑った。

「そうか、酒を一緒に飲めぬのは仕方がなかろう。だがひとつ勘定組頭さまに頼んでみちゃあくれないかな。勘定所が日々滞りなく動いているのは、俺たち下役の働きがあってこそだ。お偉方が懐に入れている賄賂を、少しわれわれにばらまいてくれぬかとな」

　今度は崎田という男が言った。この男は、常々不平不満の多い男だった。

「そのような物は、父は受け取ってはおらぬ」

　強い口調で市之進が言い返すと、

「何だよ、その態度は……親の七光りで勘定所に入ったくせに」

松下の言葉で、ついに市之進が憤怒の目で松下をにらみ据えた。

「やるのか……おい、みんな、俺たちはこれまで、この男には随分と気を遣ってきたんだ。それも分からぬというのなら、一度痛い目に遭わせてやらねばなるまい……」

松下のあおりで、一斉に市之進に摑みかかって来た。

「止めろ、許さぬぞ！」

叫んでみたところで多勢に無勢、押し倒され、馬乗りになられて、

「あああー！」

大声を出したその時、呼子が鳴り響いた。

「喧嘩だ、喧嘩だ！」

遠くから野次馬も駆けてくる。

「いかん、引け！」

松下の号令で、皆ちりぢりに逃げて行った。

「大丈夫ですかい、手を貸しやしょうか」

走って来て市之進に声を掛けたのは、岡っ引の寛七《かんしち》だった。

「大事ない……」

市之進は手を上げて立ち上がった。そして、よたよたとその場を離れて行く。

「あれは、長谷さまのご子息、市之進さまだな……」

少し遅れてやって来た南町の同心金谷幸三郎が、市之進の後ろ姿を見送りなが
ら呟いた。

「へい、長谷の殿さまも、あれじゃあお困りでございましょうな」

寛七も相槌を打ちながら見送った。


「若殿、そのお姿は……」

彦蔵は、よろよろと帰って来て、玄関に転げ込んだ市之進の姿を見て、

「誰か……若殿が大変です！」

奥に向かって叫び声を上げた。

「いかがなされました」

すぐに用人の小野兵蔵と上女中の幸《さち》が走って来た。

「いいんだ、ほっといてくれ」

市之進は手を上げて気丈に遮ったが、気力もそこまで、酔いも手伝って、崩れ

落ちた。

「お召し物が泥だらけじゃありませんか、それにお顔が腫れて……」

幸は悲鳴を上げるが、

「ただいま丁度奥方さまの所にお医師がおみえだ。幸殿、先生をこれへ」

小野の差配で、幸は奥の多加の部屋に飛んでいった。

すぐに、用人の小野と、騒ぎに気付いて走って来た若党の大村吾一《おおむらごいち》に抱えられるようにして、市之進は自室に運ばれ、医師の診察を受けた。

市之進は、切り傷こそなかったが、体のあちらこちらに打撲の跡があり、頬も地面にすり付けられた跡が内出血で赤黒く腫れ上がっている。

「いったい何があったのでございますか」

手当が終わった市之進に、用人小野は厳しい顔で言う。

「転んで土手から落ちたのだ」

市之進は嘘をついた。

ただでさえ酒は控えろと厳しく父親の半左衛門に叱られている。

その事は当然用人の小野をはじめ屋敷の奉公人たちは知っている筈だ。

酔っ払ったところにからまれて、勘定所の先輩たちに焼きを入れられた、などと言える筈もない。

「大事なかったから良かったものの、殿の留守中です。お慎みを……」

小野は苦い顔で大村と部屋を出て行った。

「ちっ」

どいつにもこいつにも腹の立つことだと、起き上がってうずく肩口を撫でていると、するりと織恵が入って来た。

「織恵か……さげすみにきたのか」

つい嫌みのでる市之進だ。

「いいえ、わたくしがあなたに申し上げたいのは、母上さまのことです」

織恵は市之進の前に座ると、静かに言った。

「母上がどうかしたのか……」

市之進は、ふてくされた顔を、ちらと向けた。

「お伝えするのは、明日にしようかと考えていたのですが……」

織恵は一度言葉を切り、きっとした目で、市之進を見て告げた。

「母上の病状ですが、あまり良くないようです。心やすくして過ごさないと病は進行して命がない、そのように告げられました」

「何……なぜ私に黙っていたのだ」

市之進は目を怒らせて言った。

「昨日も本日も、あなたはお酒を召し上がってお帰りです。お伝えしたくても、いつもいらっしゃらないではありませんか」

織恵はたじろがなかった。

「！……」

市之進は虚を突かれたように織恵の顔を見た。これまでの織恵の性格が一変して、別の女になったような気がした。

「なぜ私に黙っていただのと……ご自分の母上ではございませんか。毎日顔を見せて、お見舞いをして下されば……」

「母上は口うるさい」

市之進は、織恵の口を封じるように言った。

織恵は一拍おいてから言った。

「それはあなたの事を案じてのことです。市之進さま、母上を安心させて上げて下さい。そうすれば、きっとお元気になられます。今のあなたの行状を知ったら、どれほど嘆くことでしょうか」

「織恵まで……お前まで俺を笑うか」

市之進の顔が怒りに染まる。

「私は、私は、ずっと清七郎と比べられて、弟に負けたくない、兄としてあいつの上に立たなければと苦しんできたのだ。それがお前には分からぬのか！」

織恵の顔を指で差す。指は震えている。だがその目には、怒りばかりではない悲しみが混じっていた。

その時だった。

上女中の里《さと》に抱えられるようにして、多加が入って来た。

「母上！」

市之進が驚いて立ち上がる。

「よい、そこにお座り」

多加は言い、市之進の前に座ると、

「私もそう長くはなさそうです。ですから、そなたに伝えておかなければと思いましてね」

「母上……」

市之進は、さすがに神妙な顔で多加の顔を見る。

「先ほど織恵殿にそなたが言った心情、母は良く分かります。なぜなら、母がそなたをそのように育ててしまったからです」

市之進も織恵も、多加の顔をはっと見る。

これまでの多加ではなかったからだ。

「母の罪じゃ、この母の醜い心が、そなたをそのようにしてしまったのじゃ」

「母上、母上のせいなどではございません。そのような話はおやめ下さい」

市之進は、膝を寄せて母の顔を見る。窶《やつ》れた母の顔が哀しみに染まっているのが市之進には耐えられなかった。

だが多加は、じっと市之進の顔を見て、首を横に振った。

「今話しておかなければ、話せなくなる。それにな、市之進殿、私はそなたに話して、心を軽くしたいのです」

「母上……」

「もうずいぶん昔の話から始めなければなりませんが……そうです、お父上がこの家の養子となって参られた時から話さなければなりません」

多加は静かに語り始めた。

一人娘で婿を迎えて跡を取る、それが自分に敷かれた道だと言い聞かされていた多加だったが、実は密かに慕う人もいたのである。

だがその人は、歴とした家を継ぐ人だった。

お互いの心を打ちあける術《すべ》も無く、多加は養子を迎えた。それが半左衛門だったのだ。

半左衛門は、口数は少ないが正義の人で、しかも忍耐づよく、家付き娘という立場を笠に着て、わがままで傲慢な態度を取る多加に理解を示してくれた。

市之進が生まれてもなお、多加の行状は改められることはなかった。

自分の意が、この家の法だといわんばかりの多加の態度に、さすがの半左衛門も辟易《へきえき》していたに違いない。

多加の目を盗んで、屋敷の下女中だったおしのと通じるようになったのだ。

おしのが子を宿したと知った時、多加は憎悪に燃えた。おしのを殺してやりたい、それほど憎かった。

多加は半左衛門の意も聞かずに、屋敷からおしのを追い出した。

そしておしのが生んだ清七郎が八歳になった時、彦蔵をおしのの長屋にやって、今後いっさい長谷家とは関係ないと誓うよう引導をわたしたのだ。

だがほっとしたのも束の間、そのおしのが早世し、ついに長谷家に清七郎を引き取ることになった。

「これだけは人として譲れぬ」

半左衛門は珍しく頑固だった。

多加は仕方なく受け入れたが、その代わり、長谷家の人間ではなく使用人として育てることを、半左衛門に約束させたのである。

根底には常に、この家は自分が継いだ、半左衛門は養子じゃないかという傲《おご》った気持ちがあった。

清七郎と我が子の市之進を差別するために、多加は市之進をつい甘やかした。目に見える形で、お前は長谷家の使用人だということを清七郎の頭にはたたき込んだのだ。

ところが、これが災いしたのか、市之進は勉学も剣術も清七郎に及ぶことはなかった。

「そなたが、この家の跡取りぞ。清七郎などに負けてはならぬ！」

口を酸っぱくして多加はこれまで市之進に言い続けて来たのである。

「市之進殿……」

ここまで話すと、多加は呼吸を整えた。心の内にあったものを吐きだしたのはいいが、持てる精力を使い果たしたように、多加の表情は弱々しく映った。ただ、弱々しいが、憑いていたものから解放されたようにも見えた。

「市之進……そなたの心を狂わせたのは、この母じゃ。母が元凶じゃ」

多加は、市之進の手を取った。

「母上……」

市之進は絶句している。

「母はのう、こうして病んで、命の限りを知った時、ようやく自分の過ちを知ったのじゃ」

多加はしみじみという。

「母上さま……」

側で聞いていた織恵は涙ぐんだ。

織恵もまた、今目の前で見ているような姑の姿など見たこともなかったのだ。

「私が倒れた時、誰が医師を呼んでくれました……清七郎殿だったのです。そうして今は織恵殿の手厚い看病を受けている。奉公人の優しい気遣いも感じている。そういったまわりの皆の気持ちに気付いたのも、この重い病のお陰なのかもしれないが、だからこそ、そなたには私の過ちを伝えておかなければならぬと思ったのです」

市之進は俯いた。強い母は嫌いだが、このように優しい母も、この先の命を読んでのことかと思えば哀しい。

「市之進殿、これからは清七郎殿と力を合わせて、この長谷家を守ってほしいのじゃ」

「清七郎と……」

聞き返した市之進に、

「そうです。そなたたち二人には、この長谷家の、半左衛門の血が流れています。たった二人の兄弟です。兄弟は張り合う相手ではない。支え合い、助け合う相手です。今更ですが、母の遺言だと思って、のう……」

多加は、市之進の手を取り、その顔を見詰めた。

市之進は、見つめ返して、そして深く頷いた。

見守っている織恵の顔にも上女中の里の顔にも、感動が広がっていく。

いや、それだけではなかった。

部屋の外にいた用人の小野兵蔵が、感慨深い顔でじっと聞いていたのであった。

七

「よし、これでよし」

藪庵は、以蔵の肩口の糸を抜き取ると、軟膏を塗り、その肩をぽんと叩いた。

「ところで先生」

つき添っていた勝三は、治療代を巾着から出して置くと、

「ひとつお尋ねしてえ事がありやす。この以蔵が襲われたころ、額に怪我を負った者が、ここに手当を頼んできたんじゃございやせんか」

藪庵に尋ねた。

「いや、知らんな」

藪庵は、そっけなく言った。

「そうですかい。実はあっしの家が留守の間に荒らされましてね、女房を家に置いとけなくて実家に帰しているんですが、どうもあっしの家を荒らした男たちと、以蔵を殺そうとした男たちが同じじゃないかと思いやして、探しているところなんでさ」

勝三は、打つ手も無く数日を過ごしている。

清七郎や坂巻にも家が襲われた話はしていて、皆といろいろ検討してみたのだが、やはりいま勝三が医者に告げたように、清七郎たち一行を襲った者たちと勝三の家を荒らした者たちは同一人物ではないかと考えているのだった。

賊は、勝三が清七郎たちの案内を買って出ているのが気に食わぬのだ。それを阻止しようとして、勝三の留守を狙って女房に危害を加えようとしたに違いないのであった。

「物騒になったものだな……」

藪庵は呟いた。

「へい、この飛騨は御林で持ってる所だが、それがために悪い奴らが入って来て、山を荒らし、住人の仕事を奪い、近頃では人も殺されておりやす。先生にも協力願えないものかと思いやしてね」

勝三は、藪庵の顔を見た。

「分かった。わしもけしからんと思っておった。お前さんが言う、額に傷のある男が現れたら知らせよう」

きっぱりと藪庵は言ってくれたのだ。

藪庵については、何か隠しているようにも思えたのだが、すくなくとも、この地を江戸者の悪党に荒らされることには憤慨しているようだった。

勝三は以蔵を連れて宿に戻ると、身支度を調《ととの》えていた清七郎と坂巻に、その事を告げ、

「飛騨屋は探ってみたか」

待機している甚五郎に訊く。

「へい、ずっと張っておりやしたが、それらしい男たちは見ておりやせん」

「そうか……」

がっかりする勝三に、

「勝三さん、今日はこの下呂の川下を調べてみたい。案内してくれ」

身支度を終えた清七郎が言った。

清七郎たちは宿を出ると、河原に湧く温泉に浸かる人の姿を眺めながら、下流に向かった。

まさかその中に、桑井の姿があるとは知らない。

桑井の方も、まさか清七郎たちが、自分たちを必死に探しているなどと知るよしもない。

桑井は今、清七郎一行が川下に向かっているのに背を向けて、河原の湯に浸かっているのだった。

体を十分に温めて湯から上がると、今度は近くの平たい道で、桑井は歩く訓練を始めた。

両脇に松葉杖、そして側にはおちよが付き添っている。

「一、二、一、二……」

おちよは、桑井の歩に合わせて号令を掛けている。

「一、二、一、二」

桑井の額には汗が滲んでいる。

するとそれに気付いたおちよが、素早く手ぬぐいで桑井の額や首回りを拭いてやる。

「少し休憩なさればよろしいのに……」

おちよは言った。

「いや、一刻も早く、元の元気を取り戻したいのじゃ。おちよさんは、もういい、先生の家に行ってくれ」

桑井は歩を進めながら言う。

「今日はお休みをいただいています」

おちよは笑った。だが次の瞬間、

「あっ」

おちよは桑井の体を支えた。石ころに足をとられて、倒れそうになったからだ。

「すまない、おちよさんの言う通り、少し休むか……」

桑井は、近くにあった石の上に腰を据えた。

「私、冷たい水を持ってきますね。一人で動いちゃ駄目ですよ」

おちよは告げると、急いで家に飛んで帰った。

桑井は、ぼんやりと河原を眺めながら汗を拭く。

「権兵衛さん……」

達之助が近づいて来て、桑井の横に座った。

実は達之助は、ずっと二人を遠くから眺めていたが、おちよが離れて行ったのを見て、近づいてきたのだった。

「いかがですか、足の具合は……」

達之助は、桑井の横顔に訊いた。

「皆さんのお陰で少しは歩けるようになりました」

桑井は、微笑を見せた。

「記憶の方は、まだ？」

達之助は桑井の顔を覗く。

「駄目だな。いくら思い出そうとしても何も覚えていないのだ」

桑井は寂しそうに言う。

「でも権兵衛さんは、江戸からやって来た人だ。江戸では何をなさっていたのか……お役目は……ご両親や兄弟は……何も思い出せないのですか」

桑井は首を横に振った。絶望の色が頬を染めている。

達之助は藪庵から権兵衛のことについては誰にも話してはならぬと口止めされている。

だが、先日人捜しをしていた人たちの事も気になっていた。

――あの人たちに何か繋がるような事を覚えているのなら……。

そう思って何か手がかりになるような事を思い出していないかと訊いてみたのだが、やはり桑井の表情が変わることはなかった。

「そうですか、何も思い出さないのですね」

達之助は言い、しばらく桑井と肩を並べて河原に上がる湯気を眺めていたが、ふと気付いたようにまた尋ねた。

「もし、記憶が戻らなかったら、どうなさるつもりですか」

その事は、達之助の一番気になるところだ。

「分からない……江戸に帰るのか、ここに住むのか……分かっているのは、いつまでもおちよさん親子の世話になることは出来ぬという事だ」

達之助は頷いた。だがすぐに言った。

「でも、おちよさんはきっとずっと権兵衛さんのお世話をしますよ、きっとね。私には分かる」

達之助は、桑井から視線を外して言った。

「！……」

桑井は、おやっと思った。

達之助の言葉の中に、含みがある事を悟ったのだ。

「傷が痛むようなら、先生から薬をいただいてきます。遠慮無く言いつけて下さい」

達之助が立ち上がったその時、おちよが水を入れた竹筒を手にして走って来た。

「あら、達之助さん」

だが達之助は、ちらと視線を投げただけで帰って行った。

「変な人……」

おちよは桑井の側にしゃがむと、竹筒の水を差し出した。

「すまぬ」

桑井は受け取って水を飲んだが、

「おちよさん、私はもう大丈夫だ。放っておいてくれていいのだ」

桑井の言葉に、おちよははっとして、去って行く達之助の背をちらと見たが、その目を桑井に向けると、

「私が側にいてはいけないのでしょうか。私は、私は権兵衛さんの役に立ちたいのです」

「おちよさん……」

「私は、権兵衛さんの足になりたいのです。それがいけないのでしょうか」

「私はこれ以上世話を掛けたくないのだ。ここで暮らすのならなおさら、おちよさんに手数を掛けたくない。分かってくれるね」

見返した桑井の視線を、おちよは跳ね返すように見て立ち上がると、踵を返して走って行った。

――長くこの地にいてはならぬな……。

桑井は、竹筒を腰の帯に吊すと、松葉杖を握って力を入れて立ち上がった。

その日の八ツ、清七郎たちは下呂の下流にある下原中綱場に到着していた。

ここの川には、川の向こう岸からこちらの岸まで、大きな藤の蔓で編んだ網が掛けられていて、その網には上流から流れてきた材木がひっかかって川を埋め尽くしていた。

川下げ人足がその材木を引き寄せて役人が届け出を受けている材木かどうか確認し、合格の刻印を押したのち、材木は網から外に出し、再び下流に向けて流すのである。

「ああして、一本一本確かめて、更に川下に管流しをして、下麻生ってところまで流すんです。そこにも網が張ってありまして、やはり同じように点検し、そこからは筏に組んで尾州白鳥湊まで流しやす。江戸には船で運んでいくのでございやすよ」

勝三は、清七郎と坂巻に説明した。

「するとなんだな。万が一ここまで小舟などを利用して流れて来ても、網にひっかかるということだな」

　坂巻が尋ねる。

「そういう事です。川流しが始まると、ここで一度木材改めがございやす。酷く傷ついた物ははねる訳です。口留役人と呼ばれている役人が常時目を光らせておりやすから、通常なら不正を働くのも難しいのですが……訊いてみますか、長谷さま一行を見かけたかどうか？」

　勝三は、川端で材木改めをしている役人を差した。

　清七郎たちは川の岸に下りていった。

「尋ねたいことがあるのだが、一月《ひとつき》ほど前のことだ、江戸の者たちを見かけた事はないだろうか」

　清七郎は、ずんぐりした役人に訊いた。

「さあね、秋は温泉に来る者も多いですからな」

「三人連れだ。一人は初老の侍だ。もう一人は若い侍、そして小者が一人……」

「いや、知りませんな」

　役人はそう言うと、すぐに川岸まで戻り、人足を叱りつけている。長居の出来そうな雰囲気ではない。川流しの現場は殺気立っている。

「勝三、下麻生はここから遠いのか……」

坂巻が訊いた。

「今日は下呂に帰ることになっていますから、いったん宿に戻りやしょう」

勝三は言う。

一同は再び流れをさかのぼり、以蔵の知り合いの旅籠に戻ったのは五ツ半。

くたびれて玄関に倒れ込んだが、達之助が帰りを待っていて驚いた。

「お知らせしたい事があります」

達之助は、清七郎たちの顔を見るやそう言った。

「何があったのだ、何か分かったのか」

勝三が驚いて訊く。

「はい、実は皆さんが探しておられる方ではないかと思われる人がいるのですが……」

「何、どこにいるのだ？」

清七郎は思わず大きな声をあげた。

「この下呂温泉にいます。でもその人は記憶を失っておりまして……」

達之助は、瀕死の状態だった侍を手当てしたが記憶を無くしていた事や、何か危険な事情を抱えているようだから、他言無用だと口止めされている事など、清七郎たちに告げた。

「その男の年齢は……特徴を教えてくれ」

坂巻が言う。

「はい、まだ若いです。目尻がきりりとしていて、口元が引き締まって、中肉中背、筋骨逞しい方です」

「桑井さんじゃないか……」

坂巻が口走る。

清七郎も頷いた。そして言った。

「その人に会わせてもらえぬか、藪庵先生には内緒でな。人違いなら、我々も他言はせぬゆえ」

清七郎は、きっと達之助を見た。

達之助は頷くと、

「一緒に来て下さい」

神妙な顔で言った。

八

清七郎たちは、夜も四ツ近くになって、おちよの家の前に立った。

「この家です」

達之助は清七郎たちに告げると、

「とっつぁん、おちよさん、入らせて貰うよ」

おとないをいれて中に入った。

清七郎たちも後に続いた。

「なんだ、達之助さんじゃねえか」

おちよの父親はほろ酔い加減で達之助を迎えたが、いろり端《ばた》で繕い物をしていたおちよの顔は凍り付いた。

「おちよさん、権兵衛さんに会わせてやりたくて連れてきたんだ」

達之助が断りを入れると同時に、背中を見せていた男が振り返った。その顔は、

「桑井さん、桑井さんじゃないか！」

清七郎と坂巻は驚きの声をあげた。紛れもなくその男は桑井だったのだ。

「桑井……」

きょとんとした顔でおちよを見た桑井に、

「長谷だ、長谷清七郎だ」

「坂巻だ、忘れたのか」

清七郎と坂巻は家の中に飛び上がって桑井の手を取り、口々に言った。

「私が桑井？」

桑井は夢でも見ているような顔だ。

「そうだ、貴公は、佐治長門守さまの家来で、桑井尭之助殿……」

清七郎は、桑井の目をじっと見る。

続けて坂巻が言う。

「桑井さんは殿の命を受けて、この飛騨に参ったのです。覚えていませんか」

桑井は、激しく首を横に振った。

「しかし、よくぞ生きていてくれました……」

清七郎は感無量である。

だが、なぜここにいるのか、長谷半左衛門はどうなったのか訊きたくても、記憶を失っていたのではどうする事も出来ない。

「しかし何故、何故私は飛騨にやって来たのですか？」

今度は桑井が訊いてきた。

「詳しいことは言えないが、大切な任務を負っていたのですよ。こちらの清七郎殿のお父上さまの従者として二ヶ月程前にこの飛騨に……」

坂巻が説明する。

「……」

桑井は、両手で頭を抱えるが、やはり何も思い出せないようだった。

「そうだ……」

見守っていたおちよの父親が、手を打って言った。

「おちよ、権兵衛さんが着ていた着物があったな。あの着物の衿の中に何か縫い付けてあったと言っていたが、残してあるな」

おちよは頷いた。複雑な表情をしていたが、父親に言われる通り、立っていって木箱の中から、油紙に包んだ物を取り出して持って来た。

「これを、桑井殿が身につけていたのか……」

清七郎は受け取ると、急いで油紙をめくって手のひら大の手帳を取り上げた。

手帳は片側二ヶ所を麻糸で綴《と》じた物で、表紙の隅に『桑』の字がある。

「この手帳は、佐治家の家士が使っているものです」

側から坂巻が言い、桑井に頷いてみせた。

桑井はそれで、今目の前にいる人たちの言う通り、自分は佐治長門守という人の家来だったのだと納得したようだった。

「私にはその羅列した文字が、どういう意味を含んでいるのか、情けないことにまったく分からず、歩けるようになったら調べてみようと考えていたところです」

桑井は言った。だがその表情はもどかしげである。

記憶を無くし、かつての自分が書いた文字の意味も分からないとは、桑井の苦悩やいかばかりかと思える。

「桑井殿、読ませていただく」

清七郎は断りを入れて手帳を開いた。

坂巻も勝三たちも、緊張した面持ちで清七郎の手元を覗く。

「これは……不正を書き留めたものじゃないか」

坂巻が興奮した声を上げた。家の中は一瞬にして緊張した空気に包まれた。

手帳は油紙に包んでいたとはいえ、水がしみこんだらしく、濡れた所はシミになっているが、書いてある文字は異状が無く読める。

ぱらりぱらりとめくって行く清七郎の顔を見詰めるのは、坂巻だけではない。勝三はむろんのこと、達之助もおちよも、それぞれの思いを胸に秘めて見詰めている。

緊張していないのは、おちよの父親だけだ。酒を飲みながら、お気楽顔で――ふむふむ、何があったのかの――そんな顔で見ているのだ。

次第に険しい顔になっていく清七郎。

手帳には、渡場においての不正、綱場においての不正、それに関わった者たちの名前が記されていた。

ただ綱場の不正については、今日の今日、見てきた川流し中継点の綱場は調べたようだが、更に川下にある下麻生の綱場についての記述はなかった。

見終わると、清七郎は坂巻に手帳を渡し、

「良く調べている。最後の詰めを調べるところで襲われたようだ」

言いながら桑井の顔を見て、

「桑井殿、この貴重な帳面を預からせてほしいのだが……」

清七郎は言った。

桑井はしっかりと頷いた。

「桑井さん、私も佐治さまに仕える者、必ず迎えに参るゆえ、それまでその足を治して待っていてほしい」

坂巻は桑井に『桑井尭之助』と書いた紙を渡し、桑井の手を握って言った。

そしておちよの父親には桑井の世話を頼み、治療代や礼金として三両を渡した。

「では……」

清七郎たちがしばしの別れを告げると、桑井はふっと心細そうな顔をしたが、

「桑井さま、あっしがちょくちょく訪ねて参りやすから……」

勝三の明るい声に、桑井は小さく笑った。


翌日、清七郎たちは以蔵と甚五郎を残し、坂巻と勝三の三人で、昨日立ち寄った下原中綱場に向かった。

今度は下呂に預けてあった馬を連れての道中だ。

ただ、飛騨の道は険しい。とりわけ下呂から下流に向かう渓谷の道は、『中山七里』とも呼ばれる難所だ。

浸食された絶壁が続き、奇岩の道でもあり、それが下呂を出てからまもなく始

まり、七里ほど続く。

目指す綱場は、この中山七里を抜けた所にある。

馬の手綱を持って下流に向かいながら、下呂の町で早飛脚に頼んだ佐治長門守宛ての書状が、一刻も早く届くように願っていた。

その書状には、桑井が記憶を失って匿《かくま》われている事、所持品の中にあった不正を記した手帳の存在、その中身がどういうものであったのか書き写して、それも書状と一緒に送ったのだ。

一刻も早く、桑井を迎えにきてやってほしいと記すと同時に、これまでに殺された者、また自分たちも狙われている事も書き添えた。

――桑井のことは早く知らせておかなければ、何時自分たちも父と同じような目に遭って、江戸に戻れなくなるやもしれないのだ。

一行は瀬戸で弁当を使い、下原中綱場には、昨日と同じく八ツには着いた。

まもなく師走とあって、川風は冷たい。そして、上流から流れてくる材木は、日に日に増しているように見える。

「ひとつ尋ねたいことがある。神奈川三郎《かながわさぶろう》という御仁は、どなたでござる」

坂巻は川岸で人足を指揮していた役人に訊いた。神奈川三郎の名は桑井の手帳にあったからだ。

今日の役人は、昨日いた役人とは違って、長身の男だった。

「神奈川……ああ、一年前に亡くなっております」

役人は言った。

坂巻は驚いて訊き返した。

「何、亡くなった……」

「自刃したのだ」

さらりと答えてくれたが、その表情は関わりたくない、そんな風に見えた。

「何故……」

だが坂巻は更に訊く。

役人は、困ったな、という顔をしたが、教えてやらねば帰りそうもないと思ったらしく、渋々言った。

「不正があったらしいんです。女房と倅が一人いたんですが、母子とも今は行方知れずですよ」

「もしや江戸の上総屋という材木問屋と関わりがあったのではないのか」

清七郎は険しい顔で訊いた。

役人は、やれやれという顔をすると、

「一月以上前にも、同じような質問をされた方々がおりましたが」

「ちょっと待て、その者たちの名は聞いておるな」

顔色の変わった清七郎に、役人は顔を強ばらせると、

「あの時は、そうだ、供も入れて六人だったと思うのだが、私に訊いてきたのは桑井と言ったかな」

清七郎は坂巻らと顔を見合わせた。

一月以上前に、父は桑井も含めて出立当時の六人揃ってここに来ていた事になる。

「で、先ほどの話だが、やはり不正に上総屋は関わっていたのだな」

「らしいですね。上総屋は勘定奉行の名をちらつかせて、この飛騨の者たちを言うがままにしようとしていましたからね。神奈川は金が欲しかった。女房殿が病弱でしたから、金を掴まされて、この綱場で上総屋のもくろみに一役買った、不正に手を貸したんだと思います」

「お役人さま、申し訳ねえ。あっしは勝三というものですが、この人たちに、この綱場で神奈川という方は、どのような仕事をしていたのか説明してやってくれ

ませんか」

勝三の申し出に役人は頷くと、

「おい、八ツの休憩だ！」

川の中で木の上に乗り、一本一本確かめていた人足に大声を掛け、改めて清七郎たちに向いた。

「この飛驒の木は、伐採して川に落とすときに、まず第一回の検問があります。勝三さんも知っていると思いますが、川に落とす前に、お上の材木か商人の物か、刻印を押します……」

その時に帳面に記帳され、次の改め場である綱場でも、帳面に記載されている材木かどうかを点検する。

更に、点検を終えた材木は、綱場から綱場に流していくのだが、その最終集積場は下麻生の綱場だ。

ただ下麻生の綱場は、この綱場など比べものにならない程大きく、掛りも尾張藩になるから、この飛驒の刻印のある木を更に下流に流すのには川流し料がかかる。ただし幕府の材木については料金は掛からない。

だから役人は材木ひとつひとつの刻印を点検し、合格した材木はここからは筏に組み、筏師の手で白鳥の湊まで運ばれるというのである。

「つまり、川下げと呼ばれる過程においては、木に押す刻印が間違ってないかどうかが問題なのです。お上の印があれば川下げの銭は徴収されませんからね」

役人は言った。

「すると何かな、伐採する時にも、お上の材木だと言って伐り出せば、材木の代金は納める必要もないという訳だな」

清七郎は、考え考え尋ねた。

まさかと思ったが、

「その通りです」

役人は、あっさりと認めた。

「ただし、伐採の現場、流す前の渡場、そしてこの綱場と、先ほど話した通り、要所要所に協力する者を置いておかなければ事は運びません。筏師だってそうです」

役人は思い出したように、筏師という言葉を使った。

「例えば下麻生で組んだ筏に、お上の材木だという証拠の『御用』の旗を立てれば、尾張の役人は手を出すことは出来ませんから」

驚くべき話だった。

上総屋の不正は、幕府の勘定奉行の名をちらつかせてこそ出来る業で、飛騨川の上流から木曾川に合流し、更に白鳥まで材木を運ぶ為には、大がかりな計画のもとで行われなければならなかったという事だ。

――谷田部が関わっていなければ、成らぬ不正だ……。

清七郎は確信した。

「おおそうだ、おぬしは、坪井平次郎という名を聞いたことがあるかな」

清七郎は、勘定所の役人で山林方だった男の名を出してみた。

坪井平次郎は、おゆりの友人冴那《さな》の夫だった。だが、「飛騨の不正を綴ったと思われる日誌を残して死んだ。いや、何者かに殺されたのだ。

「知っていますよ。ここにも顔を出した事がありますからね」

役人はさらりと言った。

「そうか、ここにも顔を出していたのか……」

清七郎は、これまで見えなかったものが、ひとつひとつ、薄皮を剝がすように見えてきていると感じていた。

「では、筏師の禎蔵《ていぞう》はどうだ……」

更につっこんで訊いてみる。

筏師の禎蔵は、坪井が殺される少し前に、なぜかこの飛騨から江戸に出て、坪井に会っているのだ。

坪井に会って何を話したのか、坪井本人がいなくなった今では、禎蔵に会って訊くしか方法がない。

「いや、筏師の事は知りませんな。筏を組むのは下麻生からですから」

役人は、終始誠実に答えてくれた。その聞き取りの時間は、なんと四半刻にも及んだのだった。

役人の名を訊くと、丸井《まるい》中也《ちゅうや》と教えてくれた。

九

この日、清七郎たちは下原の小さな宿に泊まった。

丸井中也が教えてくれたのだが、老夫婦二人がほそぼそとやっている、そんな宿だった。

客の部屋は六畳と四畳半の二部屋しかなく、食事も川魚とキノコの質素なものだったが、他に客がいなくてくつろげた。

「どうしやす……明日は川下に行ってみやすか……」

食事が終わると勝三が尋ねてきた。

「そうだな」

清七郎は腕を組んだ。

更に下麻生までと思わないではなかったが、父親一行の消息は、まだ下呂から一歩も出ていない。

飛騨川近辺で拾った話も、一行の消息には結びついていない。

せめてこの地の綱場ならと下呂から下ってきたのだが、綱場の役人も知らないという話だった。

「私は、長谷さまがまだ下呂のどこかに身を隠しているのではないかと、ずっと考えているのです」

坂巻は、更に下流に下って探索することに疑義を唱えた。

その時だった。

「お邪魔します」

宿の女房が、盆に干し柿を載せて入って来た。

「畑にある柿を干したものです。田舎で珍しい料理もございませんでした。干し柿でも召し上がって下さいませ」

「それは有り難い。疲れた体に甘いものは良い」

坂巻は、早速盆を引き寄せて干し柿を口に運んだ。

「うまい！」

思わず叫ぶ。

清七郎も勝三も口に入れて、坂巻と同様感嘆の声を上げた。

宿の女房は、嬉しそうに頰を緩めると、

「皆さまは、お江戸の方でございますね」

清七郎たちの顔を順番に見る。

「俺は違うぜ、飛驒の者だぜ」

勝三は言う。

「これからどちらに参られますか。下呂の温泉でございますか」

宿の女房は訊く。

「いや、私たちは下呂の方から、ここまで下ってきたのだ。行方知れずになった人を探してな」

清七郎が言う。

「それはそれは難儀なことでございますな」

宿の女房の顔に同情の色が浮かぶ。

「探しているのは、この人の父上なのだ。行方知れずになったのは、一月以上も前のことだが、生死さえ分からぬ」

坂巻は哀しげな目で言い、清七郎を見た。

「きっと見つかるようお祈りしております」

宿の女房も深刻な顔で頷くと、そそくさと出て行った。

ところが宿の女房は、まもなく亭主と一緒に部屋にやって来たのだ。二人は険しい顔で膝を揃えて座った。

いったい何があったのだと、怪訝《けげん》な顔を見合わせた清七郎たちに、

「もしや皆さんは、長谷半左衛門さまをお探しではございませんか」

父の名が出たのだ。

「父をご存じか！」

清七郎は仰天した。

「はい」

宿の老夫婦は、神妙な顔で頷いた。

「生きていたのか……」

清七郎はこみ上げるものを隠すことは出来なかった。

「こちらに泊まられた時には、体は傷だらけでしたが回復されて」

「教えてくれ、今どこにいるのだ」

清七郎の胸は逸る。

「飛驒にはおられません。旅立たれて十四、五日になります。どちらに向かわれたのか、それは存じません」

——まさか江戸には戻っていない筈……。

そうか、伊豆に向かったのかと思ったその時、

「どうしてこの宿に泊まっていたのか、詳しく話してくれ」

坂巻が言った。

「あれは忘れもしません……」

宿の主の話では、旅芸人の一座が宿を探してやって来たことがあった。

一座は高山から飛驒街道を南下して下呂の温泉宿でしばらく芸を披露していたようだが、寒くなる前に桑名まで移動することになり、下呂を出発したようだ。

大きな荷物を馬の背中にくくりつけ、また馬に引かせた荷車には一座の小道具が積まれていた。

その小道具に隠れるようにして、初老の侍が運ばれて来たのである。

驚く老夫婦に、このお侍は下呂の舟着き場で倒れているのを見付けて連れてきたのだと旅芸人は言い、仲間の一人が傷の手当てに長《た》けていて命は救ったが皆と同じように歩くのは無理なのだと説明した。その上で、

「すまないが、この宿でしばらく面倒をみてくれないか。私たちは急ぎの旅ですから、この方にも十分な休養をとっていただくという訳にはいかないのです」

そう言って老夫婦は頼まれたのだった。

供の者も一人いて、その者は旅芸人の形《なり》をして、主に寄り添って歩いてきたらしかった。

老夫婦は気の毒に思い、二人を引き受けたのだ。

「怪我をしているお侍が長谷さまと知ったのは、旅芸人が旅立ち、長谷さまがお元気になられてからのこと、しかも何者かに襲われて亡くなったご家来衆もいると聞き、長谷さまのことは他言無用にしようと夫婦で決めていたのでございます」

老夫婦は、一通り経緯《いきさつ》を話してくれた。

「いろいろと気遣いをしてくれたのか、この通りだ」

清七郎は頭を下げた。

「当然のことをしたまでです。旅芸人の人たちは、怪我人を頼む代わりだと言い、ここに泊まった夜は、面白い芸をみせてくれました。また、元気になられた長谷さまは、ここを発つ時には、過分な礼金を下さいまして、かえって申し訳ないくらいでございました」

老夫婦は頭を下げた。

老夫婦が部屋を出て行くと、三人は顔を見合わせた。

父が生きていた事の喜びは、たとえようもない。

「ただ、江戸に戻ってないということは……」

坂巻が改めて清七郎に問う。

「伊豆に回ったのではないかと思われる」

清七郎は言った。伊豆には谷田部の悪の証拠がある筈だ。そこに立ち寄ると父が言っていたことを坂巻と勝三に話した。

「では明日は、伊豆に？」

坂巻が言う。清七郎は頷いて、

「不正のからくりと証拠は手に入れている。最後の詰めは伊豆にある。父が江戸に戻らず伊豆に立ち寄っているとすれば、やはりそこにも危険がある事にはかわりはない。我々だって得体の知れない者たちに、未だ狙われているのだからな。長谷半左衛門の安否を確認し、伊豆での不正を摑むため、明日伊豆に向かって発とう」

力強く言った。


佐治長門守は、清七郎からの書状を読み終わると、大きく息を吸って冷えた茶をひと口すすった。ずっと息を詰めて書状に目を通していたのだ。

何度読んでも書かれている内容の重大さに胸が詰まる。

飛脚が手紙を届けてきたのは、昨日城に向かうために玄関に降り立った時だった。

急いでその場で書状を読み通し、懐におさめて登城した。

老中の阿部正次《あべまさつぐ》にすぐに面会を申し入れ、城中の一室で二人は密かに向き合ったのだ。

「何か分かったのだな」

着座するなり老中は訊いた。

「はい、長谷清七郎から書状と不正の証拠を記したものが届きました」

佐治は老中の膝の前に、清七郎の書状を置いた。

「ふむ……」

老中は取り上げると、さっと読んだ。そして言った。

「死人が出たのか」

「はい、組頭の長谷殿は未だ行方知れず……ただ、そこにも記してありますように、不正の構図はあらかた確かめているようです」

「まだ証拠は全てではない……」

老中は、念を押すように佐治の顔を見た。

「長谷殿が生きておれば伊豆にも立ち寄る筈、いや、長谷殿がどうあろうと、倅の清七郎も親父殿に勝るとも劣らず、徹底して納得いくまで調べ上げる筈、全容が分かるのもまもなくかと存じます」

佐治は言った。

「ふむ……一度、その倅に会ってみたいものだの」

老中の顔に、余裕の笑みが浮かんでいる。

「いずれそのように……」

佐治と老中の話は、それで終わったのだ。

かつて老中は、谷田部の度量を買っていた。

それは谷田部が代官職から江戸に戻り、勘定組頭になるという異例の栄達をしたからだ。

だがもって生まれた傲岸不遜な人柄は、当時の上役、勘定奉行の土井《どい》和泉守《いずみのかみ》の心を逆なでしたようだ。

谷田部は時を置かずして、今度は二の丸御留守居に飛ばされる。

西の丸御留守居ならまだしも、二の丸御留守居といえば格落ちだ。

国を治める中枢は、どこの国でも勘定所が握っている。勘定所が首を縦に振らなくては、どんな施策も動かない。

その勘定所から、二の丸勤務となったならば、もはや政治の中枢に列する途を絶たれたと同じこと。

御留守居などと聞こえはいいが、僅か二十人の部下を指揮して、二の丸の警護をするのが役目だ。

ところがその谷田部が、勘定所に返り咲く事が出来たのは、隅田川の洪水で多くの家屋が流されて、たくさんの人の命が失なわれた大惨事がきっかけだった。復興が遅れたのは、土井勘定奉行の失態だったと、意見書を阿部老中に提出したのである。

阿部老中はこの時丁度、土井勘定奉行と対立していた。

二の丸で火事があり、焼失した所の再建をしたいと土井勘定奉行に伝えたのだが、前年の東北地方の飢饉などで財政は逼迫し、海から押し寄せる外国の恐怖に備えるための出費などを理由に、あっさりと断られたのである。

勘定奉行といえば、旗本が就くことの出来る最高の役職だ。たとえ老中に言われたからといって、易々と金庫から金を出すことはしない。

それでこそ勘定奉行といえるし、老中も為す術がないのだ。

困惑しているところに谷田部の告発があり、阿部老中は、その告発の真偽も確かめぬままに、土井勘定奉行を西の丸の御留守居に左遷し、入れ替わりに谷田部を勘定奉行に据えたのだった。

だがここに来て、阿部老中は、谷田部が鼻につくようになった。

何時嚙まれるか分からない飼い犬は、早々に処分しなければ、こちらの身が危険だ。

そこに密かに谷田部の不正を告発する文書が届いた。差出人は分からなかったが、飛驒で上総屋と組んで不正をやっているのではないかというのは、うすうす阿部老中も感じていたのだ。

勘定の山林方の坪井という男が殺されたと聞いた時、阿部は今だと思ったらしく、勘定吟味役の佐治を呼び、谷田部の不正を調べてくれないかと頼んだのであった。

勘定所を監視する佐治も、以前から谷田部には疑問を持っていた。そして長谷半左衛門も同じ考えである事は承知していたので、調べの総責任者として、清七郎の父親に白羽の矢が立った、という事だ。

佐治も清七郎の父親も、正義感にかられて阿部の命を受けた訳だが――。

――犠牲が大きすぎた……。

佐治は今は悔恨の念にかられているのだ。

死人を出し、記憶喪失になった人間を出し、そしてまだ消息の分からぬ長谷半左衛門。

――すべては、話を持ちかけた自分にあるのだ……。

その責任の重さに、佐治は胸を痛めながら、城から屋敷に戻っても、清七郎からの書状を何度も手にしては重い息をついているのであった。

「旦那さま……」

廊下に若党がひざまずいて告げた。

「風が冷たくなってきました。部屋の戸を閉めましょうか」

「いや」

佐治は深い思案から醒めて言った。

「そのままに……」

庭に落ちている冬の弱々しい夕暮れ間近の日の光に視線を遣った。

佐治は立ち上がって縁側に出て来た。

「上着をお持ちしましょうか」

若党は気遣って訊く。

「いや、いい」

佐治は言った後、

「山は冷たかろうな……」

誰に言うともなしに独りごちた。

第三話　雪晴れ

一

その夜、長谷家は張りつめた空気に包まれていた。

かねてより寝込んでいた多加の容体が急変し、市之進はじめ織恵に用人の小野、上女中が多加の枕元に集まり、廊下には家来や奉公人たちが正座して祈っていた。

いびきをかいて眠り続けていた多加が、ふっと目を覚まして市之進を目で探す。

「母上、こちらにいます」

市之進が、母多加の手を取る。

多加は、ほっとした顔で小さく頷くと、

「市之進殿、母が伝えたかったこと、分かっていますね」

念を押した。

「ご安心を、忘れはしません」

市之進は応じた。さすがの市之進も、あれ以来お役所に勤勉に詰め、下城すれば母の枕元を見舞った。

多加は、とぎれとぎれに言った。

「お前と血を分けたものは、この世に清七郎殿しかおりません。兄弟が手を取り合って、この長谷家を守って行くように……」

「分かりました。よく分かっています」

市之進は、しゃべる事で、母の命が削られるのではないかと、ひやひやしているのだ。

「織恵殿……」

多加は織恵を呼んだ。

「母上さま……」

織恵がもう一方の手を握る。

「あなたにはお礼の言葉もありません。随分と辛くあたったのに。あなたがいてくれてこそ、私も安心です。ありがとう……」

すっかり変わってしまった多加に、織恵は涙ぐむ。

多加は多加で、この家の跡取り娘としての宿命に、苦労が多かったに違いないのだと、織恵も初めて思うのである。

「市之進……」

多加はまた市之進の名を呼んだ。

市之進が顔を覗くと、多加は目をつぶったまま、二人に握られていた両手を合わせるように胸の上に持って来た。

市之進と織恵の手が、重なった。

「！……」

思わず二人は顔を見合わせる。

その時だった。多加の手の力が無くなった。

「母上、母上……」

「母上さま！」

呼べども多加の反応はない。

「せめてお父上さまがお戻りになってから、それならお別れも出来たものを……今どちらにいらっしゃるのか」

織恵は泣いた。

「……」

小野用人は、織恵の嘆きを聞いて苦しかった。

市之進に長男としての自覚が備わっていなかったばかりに、長谷半左衛門は市之進には行き先他大事な事は何も告げずに出かけて行ったのだ。

そういった事も含めて、この家が抱えている多大な難題を思うにつけ、多加が最期に夫に会えなかったことは気の毒というほかない。

多加も哀れと思いながら、小野用人も涙を拭った。

廊下に控えていた者たちも皆すすり泣いた。

先ほどまでいなかった彦蔵も庭に立ち、黙禱を捧げて泣いている。

清七郎を庇って多加に睨まれた彦蔵だったが、最期の多加の言葉を彦蔵は庭で聞いていたのだ。

用人の小野兵蔵は、すぐに女中や若党や中間たちを集めて、葬儀の準備を指揮した。

「明日が御通夜、明後日にお見送りをする」

そして多加の部屋に戻ると、枕元に座っている市之進と織恵に、

「お話ししておきたい事がございます」

真剣な顔で申し出た。

「なんだ、葬儀のことか」

市之進が訊く。

「いえ、旦那さまのことでございます」

「何、父上の……」

市之進は織恵と顔を見合わせると、多加の枕元を離れ、隣室で二人揃って小野用人と向かい合った。

「まずこの話は、秘中の秘、誰にも口外するなと旦那さまから言われておりましたが、奥方さまは旦那さまの安否を気になさりながらお亡くなりになりました。奥方さまが安心して旅立つことができますように、また、市之進さまにはご嫡男として気持ちを引き締めていただくために、私の一存ではございますが、お話ししたいと思います」

市之進は頷いた。

「ただし、この話は、特に勘定所のどなたにも漏らしてはなりません。市之進さま、その事を約束していただけますか」

険しい顔で見詰める。

「むろんだ」

市之進は、きっぱりと言った。

「実は旦那さまは、谷田部勘定奉行の不正を調べるために西国に参りましたが、何者かに襲撃を受けた後に、行方知れずとなっております」

「何……父上が行方知れずだと？」

市之進は驚愕した。そして、

「西国とはどこなんだ？」

即座に訊く。だが小野兵蔵は、首を横に振って、

「私も西国としか伺っておりません」

小野兵蔵は飛騨だとは告げなかった。そこだけは明らかにしなかった。隠したのだ。

だが、明らかにしなくても、父親が旅に出た時の、異様な気配は市之進にも伝わっている筈だ。

小野の目には、多加が最期に吐露した悔恨の思いは、市之進にも十分伝わっていて、市之進自身も母の言葉で心を新たにしたものだと映っている。

市之進があの時、多加に誓ったあの言葉は、市之進の本心だったろうと思って

いるのだ。

——これならば殿が重大な調べのために、命を張って出かけて行かれたことは話してもよいのではないか……。

思案した末に出た小野兵蔵の決心だった。

その根底には、父親の危機が現実のものとして今あるという事を知る事で、長谷家の嫡男としての振る舞いをしてほしいという思いがある。

市之進が、長谷家には宿敵となった谷田部に取り入ろうとしていた事も薄々知っていたからこそ、市之進の軽薄な言動を押さえたいという気持ちもあったのだ。

だから小野は、その事についても、はっきりと告げた。

「市之進さま、殿を襲ったのは、谷田部勘定奉行の手の者らしいということでございます」

「まことか、それは……」

市之進は驚きのあまり浮かした腰を、どすんと落とした。谷田部に取り入ろうとしていただけに、衝撃は大きかったようだ。

「弁十郎は既に殺されたようです」

「なんだと、弁十郎が殺された……何故私に言わない。こうしてはおられん。父上を探しにいかなくては……」

立ち上がるが、多加の眠る隣室をはっと見て動きが止まる。

「市之進さま、市之進さまは奥方さまのお見送りを……清七郎さまが佐治さまのご家来衆と既に西国に向かわれました。旦那さまはきっとどこかでお元気でお過ごしだと申されて、必ず連れ帰るとおっしゃっておりました。今は清七郎さまのお知らせを待つばかりでございます」

市之進は、呆然となった。

兄が酒に酔っ払って恨み言ばかり並べ立てていた時に、弟は命を懸けて父親救出に向かったというのか。

市之進は拳を作って我が膝を強く打った。忸怩《じくじ》たる思いだった。

「今のところ悪い報せは届いておりませんので、旦那さまはきっとご無事だと存じます。市之進さまは奥方さまがご遺言なさった通り、長谷家を継ぐ嫡男として振る舞っていただきたい。むろん、弔問客にもわが家の危機を悟られてはなりませぬ」

「あい分かった」

市之進は、きっぱりと言った。

側で黙って聞いていた織恵も、市之進の態度には驚いている。別人を見るような目で見ているのだ。

「小野、私も目が覚めた。母上の心の叫びを聞き、そしてお前の口から聞いて、父上が危険に晒されている事にようやく気付いた愚か者だが、小野、今後は遠慮無く私を叱ってくれ」

「市之進さま……」

小野用人は胸を熱くして手をついた。


「何、奥方が亡くなられた？」

藤兵衛は、おゆりから多加が亡くなったらしいと聞いて驚いた。

お使いに出た先で、偶然彦蔵と会ったのだそうだ。

「何時のことだね」

手にしていた書状を巻きながら言った。つい先ほど藤兵衛に飛脚便が届いて、その書状を険しい顔で読み進めていたところだ。

「三日前だったようです。ご葬儀が終わったところだと言っていました。彦蔵さんの話では、奥方さまはご遺言で、これまでのご自分の過ちを市之進さまに話されて、この世に長谷の血をひくのはそなたと清七郎殿二人、手を取り合って長谷家を守っていくようにとおっしゃったようです」

「ふむ……子は親の鏡というからな。もう少し早く気付いていれば、市之進殿も、ああはならなかったかもしれん」

「彦蔵さんの話では、市之進さまは一夜で変わられた、そのように見受けられると……」

「ほっとしたのだろうよ。母親の期待に応えたくとも応えられないもどかしさに苦しんでいたに違いないのだ。その苦しみと鬱憤を清七に当たることでおさめていたのだろうが、心の葛藤から解放されたんだ。まっ、今後同じような言動を繰り返せば、母親がいなくなった今、誰も味方になってはくれぬだろうがな」

つい先日、清七郎を出せとやって来た市之進の姿を思い出す。

「お茶を淹れて参ります」

おゆりは、藤兵衛の膝の上にある書状を、ちらと見て立った。

書状は飛驒からの便だと飛脚から聞いていたので気になったのだが、藤兵衛は何も言ってはくれない。

清七さんからの文なら話してくれる筈だと思いながら、台所に向かった。

藤兵衛は、おゆりが離れると再び書状を取り上げた。その時、今度は与一郎が岡っ引の寛七を連れて入って来た。

寛七は南町奉行所の同心の金谷幸三郎から十手を預かっている者だが、このところ、ずっと清七郎たちが追っている事件を、一緒になって手を尽くして追及してきたやり手の御用聞きだ。

それが功を奏して、清七郎が飛騨に旅立つ前には、谷田部に手を貸し、米問屋三国屋を罠に嵌めて罪を着せ、勘定奉行だった土井和泉守を失脚させた悪の手先、南町奉行所の同心野尻左内《のじりさない》をお縄にしていた。

谷田部の妾が野尻の娘ということも分かっていて、谷田部と野尻は、互いに利用しあう間柄だったに違いないが、お縄になった野尻は小伝馬町の牢屋に入れられている。

野尻は、谷田部を落とすためには、重要な人物となっている。

「親父さん、野尻が死んだらしいんです」

与一郎は告げた。

「まさか、殺られたのか」

藤兵衛は即座に言った。

これまでにも証拠を消すために、勘定所の山林方坪井平次郎や、上総屋の番頭で久造《きゅうぞう》という男も殺されているからだ。

「野尻は毒を飲んで死にました」

寛七は言った。

「何……毒を？」

「へい」

「牢医か……」

藤兵衛は一瞬、牢医まで嚙んでるのかと思ったのだ。

「いえ、どうやら牢に入る時に持ち込んでいたようです。もともと鼻の具合が良くなかったらしく、持病持ちだったようです。それで、あっしの旦那がお縄にして大番屋に留め置いていた時に、知り合いだと言い、気を利かして薬を持ってきた者がいたらしいんです。それをこの度飲んだら死んでしまったという訳でして……」

「口封じだな」

「それしか考えられません。うちの旦那もあっしも、今度は薬を渡した奴を探さなければならなくなりやした」

「周到なことだ……相手も必死だということだな」

藤兵衛は腕を組んだ。

ただ、野尻を始末したところで、飛驒の調べが進めば、谷田部が助かる道はない。それにしても、

「毒はなんなんだ」

「へい、牢医の話では、トリカブトじゃないかと……」

寛七は言う。

「トリカブトならば、薬に明るい者でなければ調合は無理だな。ネズミ捕りぐらいなら、さして知識はいらぬが、トリカブトはそうはいかぬ。寛七さん、野尻が大番屋に留め置かれている時に、疑いもせずに鼻の薬だと喜んで受け取っていたのなら、良く知っていた者が持って来たということだ。それに、誰にでも手に入る品ではない。当然生薬屋から買う時には名前も用途も記す必要がある」

藤兵衛は助言した。

「ありがとうございやす。おっしゃる通り、見当をつけて当たってみやす」

寛七は頭を下げた。

おゆりがお茶を運んで来た。そのお茶を一口飲んで、寛七は訊いた。

「それはそうと、清七さんから何か知らせて参りやしたか」

「いや……」

藤兵衛の顔が、一瞬曇った。

おゆりはそれを見逃さなかった。

「清さんの事だ。案ずることはないよ。不安が胸を覆ったが、それにな、俺が百人力、いや千人力のお守りを渡している。竈の神のお守りをな」

はっはっはっと、与一郎は陽気に笑ってみせたのだった。

二

おゆりは翌日、遅咲きの白菊を一枝持って下谷の光輪寺に向かった。

庫裏で若い僧に挨拶をして墓地に入った。清七の母親おしのの墓に参るためだ。

飛騨から送られてきた書状に顔を曇らせていた藤兵衛の姿が気になっていた。

自分に出来ることは祈るしかない。清七の母に守ってもらうよう頼むしかない。

おゆりは思い詰めてやって来たのだった。

「！」

おゆりは、墓地に入ってすぐに足を止めた。

清七の母の墓に、織恵と彦蔵の姿があったのだ。

二人は、花を供え、線香を点して手を合わせているところだった。

墓前に入れている花は、こちらも白菊だったが花弁はおゆりの菊より大きかった。しかも花立から溢れんばかりに花がついている。

おゆりが静かに近づくと、

「これはおゆりさん」

彦蔵が気付いて振り向いた。織恵もすぐに振り向いて、

「旅に出た清七郎殿のことが案じられて、お参りにいらしたのですね」

おゆりを迎えるようにその場を空けた。

「ええ、織恵さまも……」

おゆりが問いかけると、

「長谷の母上が亡くなったことは彦蔵からお聞きになったと思いますが、亡くなる前に、看病していた私に、おしのさんのお墓に参りたいとおっしゃっておりました。それで、亡くなった後ではありますが、母上にかわってお参りさせていただきました」

織恵は言った。

織恵は、舅《しゅうと》の半左衛門が危機に陥っていることも、舅の消息を追って西国に向かったと聞いた清七郎のことも口には出さなかった。

おゆりの方も、織恵に半左衛門が行き方知れずになっている事は話さなかった。清七が旅だった理由も、表向きは切り絵図に使う紙を探しに向かった事になっている。

お互いに奥歯にものの挟まったような言葉を交わしてはいるが、その心は清七を案じての墓参りであることだけは間違いなかった。

「いかがですか、庫裏でお茶を用意して下さっているようです。ご一緒に……」

織恵が誘った。

まもなく庫裏で、二人は一緒にお茶を飲んだ。

二人が座す座敷から見える庭は、木々が落葉して寂しげなたたずまいをみせている。庭の池にひとかたまりになって浮かんでいる赤茶けた落葉を、おゆりはじっと見詰めながら、昨年秋葉権現で清七に抱き留められたことを思い出していた。

許嫁《いいなずけ》だった伊沢初之助《いさわはつのすけ》に騙されて、質屋に懐剣を入れて作った十両の金を渡そうと秋葉権現で待ち合わせをしていた時の事だ。そこに清七が現れて、初之助を追っ払ってくれたのだった。

「帰ろう、親父さんが心配して待っている。いや、親父さんだけではない。与一郎も小平次も、みんなもだ」

その時、おゆりは泣いた。涙が溢れてきた。おゆりは思わず清七の胸に飛び込んだのだが、それを清七はしっかりと受け止めてくれたのだった。

体全体に熱い血が駆け巡ったその時の事を、おゆりは今思い出していた。

「おゆりさんのお母さまはご健在なのですか」

織恵は庭を眺めながら訊いた。おゆりは、はっとして、

「父も母も亡くなりました」

白い顔を織恵に向けた。

「まあ……」

織恵は驚き、辛いことをお聞きしてごめんなさいと言った。

おゆりは苦笑すると、父親は徒目付であったが、何か失態があったらしく、ある日自害し、お家は断絶、母もまもなく失意のうちに亡くなっているのだと告げた。

「大変だったんですね」

織恵は呟くように言った。

「でも今は幸せです。藤兵衛さんに救われて、お仕事も楽しいですから……」

おゆりは笑みをみせた。すると織恵が、

「わたくしも実母は亡くなりました」

と言ったのだ。

「まあ……」

今度はおゆりが驚いた。

「実家の今の母は、私にとっては義理の母です。その義母に、長谷家に嫁入った以上、些細なことで実家に帰ってきていてはいかがなものかと叱られました」

織恵は寂しげに言う。

二人は、顔を見つめ合って微笑んだ。この庫裏に入るまでは、どこかに遠慮があったのだが、古い友人か幼なじみのような親しみがわいてきていた。

織恵とおゆりが下谷の光輪寺に、清七郎の母の墓参りに行ったこの日、清七郎たちは伊豆の熱海に姿を見せていた。

この熱海は幕府領である。村高は六百余石だが温泉の村で、大名はじめ武家の人たちが長逗留して湯治を楽しむ場所でもあった。

大通りは美しく整備され、建物も田舎のたたずまいとは思えないほどだ。

三人はまず小さな宿に入った。軒に吊した板きれの看板には『島屋』とあった。

食事の前にまず湯に浸かった。

この宿の湯殿は、小さな宿とはいえ、やはり武家が湯治にやってくるとみえて、浴槽は誰にも気兼ねせず、一人でゆったりと浸かれるようになっていた。

湯治場によっては、まったくしきりもなく、多くの老若男女が混浴するところだってある。

また、一人か二人ずつ、あるいは一緒に湯治にやって来た数人が入れるように布などで隣としきりをしている所もある。

だがここは、周りを板でしっかりと封じ、熱湯の落ちる桶、水の桶もあり、まったくの個室になっていた。

目をつむって足を伸ばし、清七郎は下呂からここまで、休む暇なく強行してきた旅の疲れを湯につけた。

その脳裏に、下原の綱場の宿で、勝三が言った言葉が蘇る。

あの日、宿を出た日のことだ。

清七郎は勝三に、ここからは坂巻と二人で行く、おまえさんは家に帰るようにと促したのだが、

「あっしは江戸まで走って長谷さま一行が襲われたことをお伝えした時から、最後まで旦那方の手足になって、悪い奴らを飛騨から叩きだしてやりてえ、そう思っていたんです。あっしの女房を助けてくれた長谷さまの元気な姿を見るまでは、途中で投げ出して家に帰るなんて事はできやせん」

勝三は、そう言ってついて来たのだ。

三人は宿から川伝いに白鳥の湊まで出、そこで飛騨や木曽の材木がどのようにして江戸に運ばれて行くのか確認し、東海道を下って伊豆の熱海にたどり着いたのだった。

――父が生きているのなら、この地をおいて他にない……。

きっとこの地には父の足跡がある筈だと、清七郎は確信している。

――いよいよだな。

両手で湯を掬《すく》って顔を洗ったその時だった。

ぱしゃ、ぱしゃと、隣の客の湯を使う音がする。

――女か……男か……。

なにげなく聞き耳を立てていると、

「ああ、いい気持ち……」

なんとしっとりとした女の声が聞こえてきたではないか。

清七郎は思わず目を見開いて、隣としきっている板壁を見た。

また、ぱちゃ、ぱちゃ、と音がする。おそらく肩や胸に湯をかけているに違いない。

そこまで想像して、清七郎は急いで湯から上がった。

あらぬ方向に想像が逞しくなりそうで、こんな時にと自責の念にとらわれたのだ。

「なんだ、早かったじゃないか」

膳を前にして待っていた坂巻が、にやりとして言った。

「ほう、小鯛の煮たものか」

清七郎が膳の料理を見て目を細めると、

「ここの亭主が仲間と網であげたものだと聞きました。ふろふき大根、イカの膾《なます》、どれもうまそうじゃないか。江戸ではなかなか、これだけのものはな」

坂巻も、待ちきれないような顔で言う。

まもなく、打たせ湯などという村の共同の湯に行っていた勝三も帰って来て、三人は珍しい海の幸に舌鼓を打った。

「飛驒の山奥じゃあこんな馳走は食べられねえですよ。女房に食べさせてやりたいものだ」

勝三は飯のおかわりを何度もして、長旅の疲れをとろうとしているようだった。

勝三は、いわば飛驒の山で幅をきかせている俠客だ。

だが江戸からずっと勝三と付き合って分かった事は、人情に厚く正義の人だということだった。

膳のものを食べ終わった頃に、女将が女中と顔を出した。

「いかがでございましたか」

女将は愛想の良い笑顔で言った。

「いや、久しぶりに馳走を食べた」

坂巻の声は弾む。

「それはよろしゅうございました。皆さまは……お泊まりはいつまででしょうか」

女将は膳を女中に片付けさせながら訊く。

「幾日になるか……女将、ひとつ教えてくれぬか」

清七郎は、江戸を発つ時、宮大工の時蔵から貰った、時蔵が普請したという別荘の所を、女将に見せた。

「ああ、ここは、町から少し外れた海の見える高台になっているところですね」

女将は、そこまでの道順を教えてくれた。

「実はそこに屋敷が建ったということだが、聞いていないか？」

清七郎は慎重に訊く。

「いえ、知りません。この辺りの土地の名主で本陣『伊豆屋』の主でもある喜《き》兵《へ》衛《え》さんなら、何かご存じかもしれません。明日お訪ねになってお訊き下さい」

女将は言った。

三

翌日訪ねた本陣伊豆屋は、さすがに大きな構えの宿だった。

藁葺きだが大きな家屋がいくつも門の中に建っている。

門の前から塀際にかけては、たくさんの大きな樽が並べられ、側にそれを運ぶのだろう立派な輿《こし》がおいてあり、真っ白い衣服で固めた役人や人足たちが忙しそうに動いていた。

「この樽は……」

清七郎が聞いてみると、

「江戸の将軍さまにお届けする御汲湯だ」

という。

案の定、伊豆屋は殺気だっていて、門を入ったところで、番頭だと名乗る男に、何の用だと険しい顔で訊かれた。

「教えてほしいことがあって訪ねてきたのだ。このあたりに別荘が建っているというのだが……」

最後まで言わぬうちに、

「知らぬ知らぬ。今日は特別の日でございます。お帰りを……」

体《てい》よく門から押し出されてしまった。

「なんだってんだ、えらそうに」

勝三が怒って門内を振り返る。

その時だった。

先ほどの番頭が、初老の百姓の首根っこを摑んで、邪険に門から外に突き飛ばした。

「あっ」

初老の百姓は、一間は飛んで落ちた。

「ひでえ事をしやがる！」

初老の百姓に走り寄って抱き起こした勝三が、引き上げようとした番頭を睨んで立ち上がる。勝三の拳は、今にも番頭に飛んでいきそうだ。

「勝三！」

坂巻が止めた。

「しっかりしなさい」

清七郎は今にも泣き出しそうな初老の百姓の体を支え、

「いったい、どうしたのだ……」

土のついた頰を見ながら訊いた。

「へい、先月のことです。娘はこちらで手伝いをするようにと言われました。西国の若さまが湯治で逗留しているということでした。あっしの畑の野菜をずっと買っていただいておりましたから断ることもできず、娘は手伝いに来た訳ですが、まもなく泣いて帰ってきまして、翌日海に身を投げて亡くなりやした」

「何……」

清七郎たちは顔を見合わせた。

「なぜ娘が死んだのか、その理由が知りたいと、何度も押しかけてきているんですが、聞く耳を持ってくれません。知らぬ存ぜぬの一点張りで、あっしも出入り禁止になっておりやす」

「飛騨ばかりが酷いと思ったが、この熱海にも悪い奴がいるって事だな」

勝三は言う。そして、

「歩けるかい……なんだったら、おんぶしてやるぜ」

帰ろうとする初老の百姓に声を掛けた。

「ありがとうございます」

初老の百姓は踏み出したが、がくりと膝を折った。

「いわんこっちゃねえや。ほら」

勝三は、初老の百姓に背を向けると、かるがるとおんぶして、

「家はどこだい？」

結局家まで送る事になったのだ。

初老の百姓の名は、友蔵《ともぞう》というらしい。

友蔵は勝三の背中に負ぶわれながら、これまで野菜は伊豆屋におさめていたのだが、出入り禁止となった今、新たな販路を探すのは大変なのだと愚痴った。

「近頃では、小さな宿や別荘などにも届けているんですが、以前のようには銭にはなりやせん」

清七郎たちは別荘と聞いて驚いた。

「友蔵さん、この所にある別荘を知らないか……」

友蔵の家に着くや、清七郎は所を示して訊いてみた。

「ああ、これは網代《あじろ》の近くの別荘だな」

友蔵はこともなげに答えた。

「人が住んでいるのだな」

「へい、若い女の人がひとり、それと女中がひとり、それと……」

友蔵は口ごもった。

「なんだ、それと何なんだ？」

勝三が意気込んで訊く。

「へい」

まだ迷っている友蔵に、

「この人たちは、江戸のお城のえらい人だ。いろいろ調べることがあって訊いているんだ。親父さんに迷惑はかけねえから、そのもごもごの話をしてくれ」

勝三は畳みかける。

「へい、近頃ご浪人の姿が……」

小さな声で言う。

「浪人が……別荘の持ち主の名は？」

今度は坂巻が訊く。

「さあ……さっき旦那方が訪ねた伊豆屋の土地だったんですが、それがいつのまにか人の手に渡ったらしく」

友蔵は首を捻ったが、

「今は女の人が住んでいやすが、持ち主のお妾かもしれねえな……一度持ち主らしき人を見かけた事があるんだが、ありゃ町人ではねえ、着流しで刀は差してなかったが、立派なお武家だと思ったんだが……」

その何気ない言葉に、清七郎たちは顔を強ばらせた。

友蔵が教えてくれた別荘は、海を一望できる絶景の場所に建っていた。

宿のある湯の町から南に行った網代と呼ばれているところの近くで、海岸線の道から少し山肌を上った所だった。

昔は獣道のような狭い道だったようだが、別荘が建ってからは少し道も広げたらしく、歩くのには不自由はない。

ただしここは、荷車はむろんのこと、馬も歩けぬ急な坂だから、荷物は全て背負って上らなければならない。

こんな所に何故別荘を建てたのかと思ったが、温泉も出ているようだから、ひとの目を避けて暮らすのには最適の場所かもしれなかった。

三人は別荘の建つ広場に出ると、茂みに身を隠した。

「！……」

清七郎が驚いたのは、別荘の屋根だった。

この熱海の町では、本陣でさえ藁葺きか茅葺きだ。だが目の前に建つ瀟洒《しょうしゃ》な別荘は、屋根を板で葺いている。

――飛驒で見た屋根の葺き方か……。

と思った。

ただ、飛騨で見たのは軒が低く、屋根には石をごろごろ置いて押さえていたが、別荘は本格的な寺院の屋根のように見えた。

「あれは飛騨の榑板葺きじゃあねえ。寺院などで使う檜や槙などを挽き割りにして作った板で、本格的な柿《こけら》葺きだ」

勝三が言う。

「間違い無い、宮大工の時蔵の仕事だ」

坂巻が言った。

刹那、三人は思わず頭を低くした。

別荘から浪人が二人出て来たのだ。

だが二人は、しばらく別荘の周りを点検すると、また家の中に入った。

「今日はこれで引き上げよう」

清七郎たちは別荘を後にした。

「しかしなぜ、浪人二人を住まわせているのだ？」

宿に戻りながら話し合った、清七郎たちの疑問はそれだった。

妾一人に浪人二人も用心棒に置いておくというのも、少々神経質過ぎやしないかと思ったのだ。

「女中もいるということだからな」

坂巻が呟く。

「この辺りの湯の宿を、手分けして当たってみるか。なんでもいい、あの別荘に関わる話ならなんでもだ。暮れの六ツには宿に戻る、それでどうだ……」

清七郎の提案に、坂巻も勝三も頷いた。

坂巻は湯の宿を、勝三は漁師を当たると言って向かったが、清七郎はふと気付いて、もう一度友蔵の家に向かった。

「これは旦那、先ほどは……」

友蔵は頭を下げた。

軒下で大根を束ねていて、少し離れた所で女房が垣根に大根を干していた。

「まだ足がうずいていて、女房には叱られちまいましたよ。百姓が何を言ったって得になることはないんだって」

友蔵は苦笑した。

「少し訊きたいことがあってな」

清七郎は友蔵の側に膝をつき、

「おまえさんがあの別荘に運んでいるのは、野菜だけなのか……例えば米とか味噌とか」

「ああ、それだったら、湯の町に米味噌屋がございやすから、そこで訊けば分かりやすよ」

「ふむ。では野菜だが、あの別荘に運んだときに、浪人を見るようになったのは何時からだ」

「十日ほど前だと思いやす。それまでは女二人の住まいだったんだが」

友蔵が言ったその時、束ねた大根を取りに来た女房が、

「お妾さんだかなんだか知らないけど、浮気されちゃあ困るから浪人に見張らせているんですかね。でも、用もないのに、誰があそこまで行くものかね。あの女の旦那は随分心配性なんだなって、米屋のおかみさんも笑ってましたよ」

そう言ってから、女房は清七郎にぺこりと頭を下げ、大根を抱えて垣根に向かおうとした。だがまだ言い足りないのか引き返してくると、

「かえって狼を飼っているようなものじゃないかって、そうでしょ。若い男女が暮らしていればどうなるか、そっちの方が心配じゃないのかしらって……だって旦那は、滅多に来ないんだから」

あきれ顔で女房は言う。

「おかみさん、おかみさんはその女の旦那を見たことがあるのだな」

「ええ」

女房は、鼻で笑って頷いた。

「どんな男だったのだ……」

「立派な人だったね。お侍さんだったけどね。名前は知りませんけど……」

清七郎は、やはり別荘の主は谷田部勘定奉行だと思った。

「友蔵、次は野菜を何時持って行くのだ？」

藁縄で大根を縛っている友蔵に訊く。

「明日でやすが、明日は女房に頼むしかねえ」

膝を撫でながら、友蔵は女房にちらと視線を走らせた。

四

「皆さん、まだお帰りになりませんね」

お茶を運んで来た女将は、紙を開いて睨んでいる清七郎に言った。

紙には別荘の見取り図が描いてある。宮大工時蔵が渡してくれたもう一枚の紙だった。

「すまんな、もう少し食事を出すのは待ってくれ」

清七郎は顔を上げて女将に言った。

「承知致しました。皆さんお帰りになったら、お酒も熱くしてお持ちしますね」

立ち上がろうとするので、

「女将、女将は伊豆屋に手伝いに呼ばれた娘が、家に戻った翌日、海に身を投げた話を知っているか」

友蔵の娘の話をしてみると、女将は暗い顔をして頷いた。

「この湯の町は、ご存じの通り幕府の御領です。しかも湯治に来なさる方たちはお大名やお旗本など身分の高い人が多い。そんな人から酌をする娘を出せと迫られれば、伊豆屋さんだって拒める訳がありません。拒めば伊豆屋は終わりです。似たような話は他にもありまして、みんな泣き寝入りです」

「ふむ……すると何かな、網代の方の山肌に建っている別荘の土地は元は伊豆屋のものだったらしいが、あれも江戸の身分の高い人にせがまれて、伊豆屋が譲ったものなのか」

清七郎は鎌を掛けてみた。

「土地の沽券は伊豆屋さんのままだと思います。人に譲ればお代官さまに届けなければなりませんもの」

女将はそう言うと立ち上がって出て行った。

——確かにそうだ……。

と清七郎は思った。

あの土地の名義が谷田部に変わり、そこに別荘を建てたと代官に届ければ、谷田部は即刻お仕置きを受けるだろう。

なにしろ旗本が許可も受けずに江戸を出て、別の場所に別宅を設けるなど許されてはいない。旗本御家人は常時将軍の下にいて、何時でも、その身を賭して将軍を守らなければならない。

そのための直参だ。それが勝手に江戸を離れて妾を囲っていたとなると、お家は断絶ものだ。

きっと谷田部の悪を証明しなければ……再び先ほどの別荘の見取り図を開いたその時、

「遅くなった」

坂巻と勝三が帰って来た。

「いやぁ、あんな大きな鯛を見たのは初めてでさ。漁師が一匹持ってけ、なんていうものですから貰ってきやした。女将に調理を頼んできました」

勝三はもらい物をして嬉しそうだが、顔が明るいのはそれだけではないようだ。

「収穫はあったようだな」

清七郎が二人を迎えた。すると二人とも、しっかりと頷いた。

「まず私の方だが……」

坂巻はそう言って腰を据えると、

「あの辺りの湯の宿の者に訊いてみたんだが、あの別荘は、江戸に居る旗本が建てたと言っていたな。ただし名前は山中《やまなか》とか名乗っていたそうです。ですがそれはおそらく偽名だろうと私は思いました」

坂巻の報告に、清七郎は頷いた。

すると今度は勝三が言った。

「清七郎さま、あっしは網を引いていた漁師に訊いたんですがね、十日くらい前のことらしいんですが、初老の侍とお供の者が、あの網代の浜にいたらしいんです」

「！……」

清七郎の顔は一瞬にして強ばった。

その侍は、別荘のある場所を訊いて山道を登って行ったようだが、もどって来た姿を誰も見ていないというのであった。

漁師たちは、あの別荘には、得体の知れない凶暴な顔をした浪人がいる、だから初老の侍とお供は殺されたのかもしれねえ、などと勝三に話してくれたのだが、勝三はその話は清七郎にはしなかった。

「私の考えていることを話そう」

清七郎は険しい顔で、

「明日、私は友蔵の代わりに、あの別荘に野菜を届けようと思っている」

二人の顔を交互に見た。

友蔵は明日あの別荘に野菜を持って行く日になっているようだが、友蔵にかわって自分が百姓の形をして探って来ると告げたのだ。

「清七郎さま、それはあっしの仕事だぜ。清七郎さまじゃあ、いくら百姓の着物をまとってても信じてもらえねえぜ」

勝三が苦笑する。

「確かに、勝三の言う通りだ」

坂巻も笑った。

「しかし、いま勝三さんの言った話が本当なら、浜で別荘の所を訊いたという初老の侍は、父かもしれぬのだ」

一刻も早く探りたいというのが清七郎の思いだ。

「分かりやした。それならあっしが行きやしょう」

勝三が言う。

「いや、浪人が常時二人もいるんだ。危ないぞ」

清七郎は万が一の事が勝三にあったらと案じたのだ。

「清七郎殿、奴らも一日中張り付いている訳でもなかろう」

坂巻が口を挟んだ。浜辺近くの湯の宿で、

「時々湯に入りにやってきますよ、あの二人は……断ることもできませんからね」

宿主の一人はそう言ったのだ。

「明日が丁度その日ならよいが……」

尚も案じる清七郎に、

「浪人がいたってかまうもんか。清七郎さまも水くさいことを言うもんだ。あっしはね、お二方とずっと一緒に暮らしてきて、今じゃあ血の通った兄弟みてえに思っているんですぜ。こんなことでもなけりゃあ口も利いてもらえねえかもしれねえ二人なのに、何の隔たりももたずに仲間に入れてくれて、人情もあり、不正で辛い目にあっている人々のために立ち向かおうとしているのを見て、こんなお侍もいるのかと、あっしはずっとあったけえ思いでここまでやってきたんでございやすよ。兄弟なら、困っている時は助け合う、たとえそれが命を張るようなことであっても、当たり前の事じゃあござんせんか。ご迷惑かもしれませんが、あっしはそれぐらいにお二人を思っているんです。清七郎さま、あっしにやらせて下さいまし。清七郎さまより、あっしの方がきっとうまくやれますから……」

「勝三さん……」

清七郎は胸を熱くした。

「任せてくれ、ドジを踏んだことはねえんだ」

「分かった、すまぬ」

清七郎は頭を下げ、

「ただ、私も坂巻殿も庭の雑木に隠れて待機するつもりだ。何か危険な事があれば、大声を上げてくれ」

勝三は、興奮した顔で頷いた。

「そうときまったら……」

先ほどの別荘の見取り図を、清七郎は二人の前に開いて置いた。

「まず、玄関を入って寄りつきが三畳、その奥、そして両脇は座敷になっている。廊下には小さな橋がひとつかかっているが、そのむこうには離れが一室、台所の横の小部屋を入れると、部屋は九つ、相当広い」

清七郎は腰の扇子で指し示しながら、二人に説明し始めた。


翌日勝三は、着てきた革の袢纏を脱ぎ、友蔵から借りた着物に身を包み、大根や菜っ葉やキノコなど背負い籠に入れ、別荘に向かった。

清七郎と坂巻は、勝三と距離を置きながら、後に続いた。

「野菜を持ってきやした」

玄関前で勝三は大声を上げた。

すると、浪人が一人出て来て、

「お前は誰だ、頼んでねえぞ」

恐ろしい顔で言う。眉間の深い皺と、ぎょろりとした目が威圧的だ。

「あっしは友蔵兄いの親戚の者でございます。友蔵兄いが昨日怪我をいたしやして歩くのが不自由になりました。この月はあっしが代わりにお届けすることになりやして、へい」

勝三は、腰を低くして、ぺこりと頭を下げる。

離れた茂みの中から見守っている清七郎と坂巻は、感心して様子を見ている。

「こっちは表だ、横手に回れ」

ぎょろ目の浪人は、面倒くさそうに手を振ると、庭に出て、眼下に広がる海を眺める。

勝三は横手に回った。なるほど勝手口がある。

「野菜を届けにまいりやした」

もう一度声を上げると、女中が戸を開けて入れと言った。

「怪我をしたんですか、友蔵さん。たいへんね」

女中は勝三に話を合わせながら、背負い籠の中の野菜を取り出して行く。

中年の、どことなく覇気がないというか暗い感じのする女だった。

「それはそうと、友蔵兄いは、大根の漬け物を作ったらお持ちしますって言ってましたが」

勝三は言い、奥の方をちらりと見る。

「それと、何か欲しいものがあれば承ります、へい」

「ちょっとお待ち下さい」

女中は奥に向かうと、若い女を連れて来た。噂の妾のようだった。白い首の衿を抜き、裾を長くひいている。着ている物も絹の上物で、染めは友禅だろう優雅な花が裾を彩っていた。しかもなかなかの美形だった。

「こりゃあ、どうも」

勝三が頭を下げると、

「棚を作ってほしいところがあります。大工さんに頼むほどではないのですが、お願い出来ますか」

と言うのだ。

しゃべり方は、やはり元は武家の娘か、と勝三は思った。

「では、ちょいと見せていただきやす。棚の板や釘なども用意しなければなりませんから……何、寸法さえ分かれば、明日にでももう一度参りまして、すぐに取り付けさせていただきやす」

勝三がそう言うと、女は頷き、勝三を台所に上げた。

その時だった。

「待て」

戸口から声がかかった。

先ほどの、ぎょろりとした目の浪人が呼び止めたのだ。

「何をするつもりだ」

浪人は台所の土間に入って来た。そこから一歩も奥には踏み込ませないぞという顔だ。

すると、女が言った。

「廊下のつきあたりに棚が欲しいんです。旦那が作って下さるのなら、それでもよろしいのですが」

女は浪人に問う。

浪人は無言で、ひらひらと手を振り、じゃあ連れて行ってみせろと合図する。

そして自分はまた外に出て行った。

「こちらです」

女中と女の後を追って、勝三は棚を取り付ける廊下の突き当たりに立った。

廊下の外は野にあるように植えた小さな木立が見える。庭の造りは素朴だったが、山の中の別荘のたたずまいを静かにみせていて、田舎者の勝三には好ましく思えた。

女のいう棚は、長さ半間ばかりの小物を置くためのものらしかった。

「一段でいいんですかい」

勝三が尋ねると、二段はほしいと言う。

「分かりやした、では明日棚にする板など見繕ってまいりやす……」

台所に戻ろうとした勝三は、家の奥で激しく咳き込む男の声を聞いた。

一瞬足が止まった。

ふっと女を見たが、女は困った顔をしている。

するとまた、激しい咳が聞こえてきた。

——誰だ……。

と思ったが、勝三は不審な顔色ひとつ見せずに、すたすたと台所に戻って行った。

「夏与《なつよ》さま、家の中に人を上げるのは、これっきりにしていただかないと……旦那さまに叱られるのは俺たちなんだから」

なんと外に出て行ったと思った浪人が、また台所に戻っていたのだった。

「お前の指図は受けません！」

夏与と呼ばれた女は、ぴしりと言い、奥に消えた。

浪人は舌打ちすると、

「用が済んだら帰れ！」

恐ろしい目をぎょろつかせて勝三を威嚇した。

五

翌日勝三は、棚作りの材料を仕入れると、百姓姿をした清七郎を連れて別荘の玄関前に立った。

むろん茂みの中には、坂巻が待機している。

「待て、その者は誰だ」

昨日のぎょろ目の浪人は、二人の前に立ちはだかる。

「へい、こいつはあっしの甥っ子です。棚作りを手伝わせようと思いやして連れてきやした」

腰を低くして伝えたが、勝三は清七郎が棚の板と一緒に大刀を筵で巻いて抱えているのが気がかりなのだ。気付かれたら家の中に入ることは出来ない。

「随分なまっちろい顔じゃねえか。役に立つのか？」

ぎょろ目の浪人は不審な顔で、清七郎をじろじろと見る。

「これでも江戸に出て、大工の修業をしてきたんでございやすよ」

ひたすら俯いて小心な男を演じている清七郎をちらと見て勝三は言った。

「江戸で大工をやっていた者が、なんでこんな田舎にいるんだ、おかしいじゃねえか」

ぎょろ目はなかなか疑り深い。

「へい、自慢できる話じゃあねえんですが、女で失敗いたしやして、逃げてかえって来たって訳でして……」

「くっくっくっ」

思いがけず受けたようだ。ぎょろ目は信用してくれたようだったが、

「どんな失敗だ……話せ」

面白そうに訊く。

「へい……」

勝三は、おずおずと話した。

「女に騙されて有り金全てを取り上げられたまでは良かったんですが、その女が亭主持ちだったようでございやして、亭主からも内済料を請求され、着の身着のまま、命からがら逃げてきたような訳でして……」

「ふっふっふっ、久しぶりに面白い話を聞いた。後で詳しく話せ。どんな女だったのかな」

ぎょろ目はそう言うと、手を振って行ってこいと促した。

「ありがとうございやす。お勝手の方から上がらせていただきやす」

勝三が頭を下げると、

「手早くやるのだぞ。長居は無用だ」

ぎょろ目の浪人は通してくれた。

「へい、ありがとうございやす」

勝三と清七郎はぺこりと頭を下げたが、頭を上げた瞬間、ぎょっとした。

庭の向こうで、昨日までいたもう一人の浪人と一緒に、二人の浪人が、薪を割ったり落ち葉を掃いたりしている。いずれの者もやる気があるのかないのか、だらだらとした動きだ。

二人は黒い裁付袴だった。ちらっとこっちを向いたその顔には、どこかで会ったような気がした。

「あの、お侍さんが増えたんですか」

勝三は訊いた。

「余計な詮索はするんじゃねえ。さっさと行け！」

浪人は叱りつけた。

勝三は、ぺこりと頭を下げると、清七郎とお勝手に回って中に入った。

「早く、夏与さまがお待ちですよ」

台所では女中が待ち構えていた。

勝三は清七郎を促して、昨日案内された廊下の突き当たりに向かった。

足音を聞きつけて、夏与という女が顔を出したが、

「終わりましたら声掛けて下さいね」

それだけ言ってひっこんだ。

勝三と清七郎は、持参した筵を開き、板を取り出し、壁に当てて釘を打ち始めた。

いや、釘を打つだけじゃなく、壁も打つ。

ばんばん、こんこんと、勝三はわざと大きな音を立てた。立てながら清七郎に

にやりと笑って頷いた。

清七郎は隠し持ってきた刀を摑んだが、ふっと気付いて、金槌も懐に入れた。

そして、足音を忍ばせて廊下を渡り、人の気配を確かめながら部屋をひとつずつ確認していく。

勝三の話では、咳が聞こえたのは恐らく納戸の辺りだということだったが、はっきりしている訳ではないのだ。

やがて中廊下の奥にある納戸が目に入った。

周囲を警戒しながら納戸の戸の所まで進んでいくと、

「ごほん、ごほん……」

弱々しい咳が聞こえた。

「旦那さま、お熱が……」

掛ける声も聞こえた。

——弥助だ……！

清七郎は仰天した。胸が潰れる程だった。

長谷家の小者、弥助の声に間違いなかった。

清七郎は納戸に走り寄ると、戸に手を掛けた。だが、納戸には錠前が掛かっていて開かない。

納戸の中の声も、ぴたりと止んだ。警戒しているのだと思った。

「弥助、私だ、清七郎だ」

清七郎は納戸の戸に口を付けるようにして声を掛け、小さく叩いた。

「清七郎さま！……まさか、清七郎さまでございますか？」

中に居る弥助が、納戸の戸に走り寄る音が聞こえた。

「助けに来た」

清七郎が戸に口を寄せて告げると、

「旦那さまも一緒です」

中からも必死の声が返ってくる。

「よし待て、今助ける」

清七郎は小柄《こづか》を取り出すと、敷居の中に差し込んで、ぐいと上げた。

だが戸は動かない。何しろ納戸の戸は厚い板戸で、それに錠がかかっているから、二枚分の重量がある。

清七郎は金槌を懐から出した。錠前を壊すしかないと思ったのだ。

その間も勝三は賑やかに壁を打っている。

清七郎はその音に合わせて、思い切り錠前を叩いた。しかし、錠前は変形はしたが、まだ二つの戸を繋いでいる。

もう一度、勝三の打つ音と合わせて、錠前を打った。

錠前は音を立てて落ちた。

戸を開けて中に走り込んだ。

「父上……」

納戸の箱にもたれかかって咳き込んでいる半左衛門の姿が目に飛び込んできた。

「父上……」

走り寄った清七郎に、

「来てくれたのか、すまぬ。まさかお前が助けに来てくれるとは……」

半左衛門はすっかり弱っている。

「父上……」

父と子は、感無量で手を取り合った。

「もう大丈夫です、父上、私がお守り致します。江戸に帰りましょう」

「清七郎……」

いつもは威厳のある半左衛門の目に涙が滲む。それを見た清七郎もまた涙が零《こぼ》

れそうになる。だがそれを飲み込み、

「父上、立てますか？」

と尋ねる清七郎の声には切ないものがある。

誰憚ることなく父上と呼ぶ場所が、生死も確約できない場所なのだ。だがそうであっても、面はゆい気持ちと、父上と呼ぶ事の出来る幸せもまた覚えるのだ。

清七郎はこみ上げるものを飲み込み、立ち上がった父親に手を添えながら振り返って弥助に言った。

「弥助、父上を支えてくれ」

「はい、お任せ下さいませ」

弥助が興奮した顔で答えたその時、誰かが走って来る音がした。それと同時に、

「清七郎さま！　清七郎さま！」

勝三の大声が向こうから聞こえてきた。何か異変が起きたようだ。

「勝三！　外に出るぞ！」

清七郎も大声で答えると、

「父上、弥助……急いで！」

二人を急がせて納戸の外に出た。刹那、

「きゃあ！」

夏与という女が驚愕して叫んだ。

「退きなさい！」

夏与を退かせて台所に走り、表に出た所で、むこうからぎょろ目の浪人と二人の浪人が走って来た。

――そうか……。

二人の浪人の顔を見て、清七郎は思い出した。

飛驒の下呂で、以蔵の知り合いの温泉宿に向かう山道で突然襲われた事があったが、あの時襲って来た者たちは全員黒っぽい裁付袴を穿いていた。

あの時は三人だったが、一人は怪我をしているはずだ。すると、残りの者がこの別荘に流れて来たという訳か。

それだけでも、飛驒の不正と谷田部が結びついているという証拠ではないか。

そこまですばやく考えを巡らせた清七郎に、

「お前は、何をしている？」

ぎょろ目の浪人は、清七郎の後ろにいる弥助と半左衛門を睨んで言った。

「見ての通りだ。二人を救いに参ったのだ」

清七郎は睨み据えた。

「何、そうか、お前は侍だったのか……」

ぎょろ目の浪人は、刀を抜いた。走って来た二人も抜き放った。

「清七郎殿！」

茂みに潜んでいた坂巻が走って来た。そして鋭い音を立てて刀を抜いた。

「坂巻殿、この二人を頼む」

坂巻に半左衛門と弥助を頼むと、清七郎も刀を抜いた。

するといきなり、裁付袴の一人が襲って来た。清七郎はその剣を払って体を右に移すと、返す刀で襲ってきた浪人の手首を打った。

「くっ……」

「お前は飛騨で襲って来た奴だな……」

囲んだ浪人たちに、油断なく視線を走らせながら清七郎は言う。

「ふん、そういうお前は、よからぬ事を探索していた奴だな。誰の差し金だ……」

裁付袴の浪人はぎらりと清七郎を睨むと、もとからここの用心棒だったぎょろ目の浪人に叫んだ。

「こいつは飛驒で妙な動きをしていた奴だ。こやつを帰してはならんぞ。殺せ！」

浪人たちは、入れ替わり立ち替わり、周到に清七郎たちを襲って来る。

「いかん」

ちらと横目で見た清七郎は、坂巻が一人の浪人に肩口を斬られているのを知った。しかもさらに追い詰められて、坂巻は大きな息をつきながら、背後の半左衛門と弥助を守っている。

清七郎は、撃ち込んで来たぎょろ目の剣を押し返すと、走って行って、坂巻に刀を振り下ろそうとしている浪人に体当たりした。

浪人は刀を振り上げた状態で、音を立てて地面に落ちた。

「かたじけない」

坂巻が言う。

「坂を下りるのだ、ここは私が打ち止める」

と言ったその時だった。

「待て、刀を捨てろ。こいつがどうなっても良いのか」

庭の方からやって来たのは、もう一人の黒の裁付袴の浪人で、勝三の首に刃をつきつけながら近づいて来た。

「勝三さん！……」

清七郎は叫んだ。

半左衛門も勝三を見て驚いて声を上げた。

「あっしはいい、清七郎さま、あっしに構わず、その悪人たちをぶった斬ってくださいやし」

勝三は力んだ。

「良いのか……お前の仲間の命はねえぞ」

浪人は勝三の喉元に刀をつきつけて言う。

「刀を捨てろ！……お前も……お前もだ！」

ぎょろ目は、清七郎と坂巻を一人一人刀の先で差して叫んだ。

「くっ……」

清七郎の手が、刀を離そうとしたその時、矢のように塊が二つ走り込んで来た。

今坂道を走って上がって来、庭に飛び込んで来たようだった。

そしてあっという間に、勝三を摑んでいた浪人を突き飛ばし、半左衛門たちを庇って立った。

「おぬしたちは！……」

清七郎が驚いたのも無理は無い。

二人の男は、これまた清七郎たちが飛騨で襲われた時、突如現れて助けてくれた、薬売りの姿をし、仕込み杖を使う手練れだったからだ。

「邪魔をするか！……みんなやってしまえ！」

ぎょろ目の浪人の一声で、清七郎たちと浪人たちで斬り合いが始まった。

「勝三さん！」

木の枝で闘おうとしていた勝三に、清七郎は懐にあった金槌を放った。

はっしとそれを受け止めた勝三は、斬りかかってきた浪人の足を木の枝で払うと、次には金槌で、浪人の頭をゴンと打った。

「一丁あがりだ！」

喜ぶ勝三を横目に、清七郎はぎょろ目の浪人を追い詰めると、次の一撃でぎょろ目の浪人の剣を跳ね上げていた。

剣は高く飛んで浪人はたじろいだ。その肩を、峰を返した清七郎の剣が打ち据えた。

ぎょろ目の浪人は、声も無く前のめりに地に落ちた。

気がつけば、浪人たちすべてが地に這いつくばっていた。ある者は血を流して息絶えていたが、ある者は気を失っていた。

清七郎は刀をおさめると、二人の薬売りに近づいて頭を下げた。

「二度も助けていただきました。お名をお教え下さい」

「その昔、紀の字屋の藤兵衛さまの配下にいたものです。私は平井《ひらい》、そしてこちらは津田《つだ》と言います」

薬売りの一人は、にこにこして言った。

二人とも精悍な顔立ちをして、鍛え上げた足腰と隙の無い鋭い目を持っている。

「親父さんの配下というと……するとあなたたちは？」

「はい、徒目付ですが、隠密裏に動いている者……」

と言う。

「したが……」

清七郎は口ごもった。

藤兵衛は今や一介の町人だ。そのような町人に荷担して大丈夫かと思ったのだが、

「上からのお達しでもあります、ご安心を……」

頷いて見せた。

そして二人は半左衛門の元に走ると、

「ご無事でなによりでございました。私どもも、これよりお手伝いさせていただきます」

膝をついた。

半左衛門は感無量の顔で頷いた。


清七郎たちが半左衛門を警護しながら江戸に着いたのは、五日後の事だった。

半左衛門の体調を見はかりながらの旅で、駕籠に乗せたり、休息の時間を十分にとったりして、通常の倍は要する道中となった。

勝三は半左衛門が完全に回復するのを見届けたい、だから江戸までついて行きたいと大泣きをして半左衛門を手こずらせた。

半左衛門は勝三の手を、持てる力を出して握ると、

「ありがたいが、一度飛驒に帰って女房殿を安心させて、二人で江戸に来てくれ。その時にはわしの屋敷に滞在して、江戸見物をしてほしい」

こんこんと言いきかせ、勝三はようやく納得したのだった。

「分かりやした。あっしは下呂に戻って桑井さまの回復を見守りやす」

勝三は渋々納得して別れを述べたが、ふと気に掛かった事を思い出したのか、清七郎の袖を引いて小さな声で言った。

「桑井さまのことですが、あっしの勘では、おちよがどうもほの字のような気がしていやす。別れとなると、どうなるものか案じています」

勝三の顔は真剣だ。

「ふむ、しかし桑井殿の両親も帰りを待ち望んでいる。桑井殿は孤児だったと聞いている。育ててくれた両親への恩は、記憶が戻れば感じるに違いない。江戸に戻らずに下呂で暮らすという訳にはいくまい」

清七郎は言った。

確かに桑井を見るおちよの目は熱かったように思う。

一方、桑井の存在を知らせてくれた達之助は、おちよと桑井との関係を案じている風に見えた。桑井を挟んでなんとなく複雑な空気を清七郎も感じていた。

桑井が、おちよの気持ちや達之助の気持ちを、感じない筈が無い。

桑井自身に、おちよに寄せる気持ちがあるのなら話は別だが、そうでないのなら、下呂に長居すればする程、桑井は困った立場になるのではないか、と清七郎は思う。

ただ、桑井を一刻も早く迎えに行ってほしい旨の書状は、吟味役の佐治に送っている。

今は父の半左衛門を無事に江戸に連れ帰ることが一番の大事だ。

「まっ、あっしなりに、江戸から桑井さまのお迎えが来るまで見守りやすから」

勝三は清七郎にそう告げると、一人で飛驒に戻って行った。

清七郎たちは、生き残った浪人二人と夏与という女を、徒目付二人に託し、半左衛門を駕籠に乗せ、怪我を負い布で肩口を巻いた坂巻は馬に乗せて帰途についた。

その間に、半左衛門から話を聞いて驚いたのは、飛驒の川に落ちてからの逃走劇だった。

冷たい川に落ちた半左衛門は、次々に従者を見失い、下呂の上流で薪を小舟で運んでいた絹蔵《きぬぞう》という男に弥助とともに助けられたのだと言う。

飛驒の材木の川流しが本格的になるのは師走になってからだ。

半左衛門たちが川に落ちたのは、まだ材木を落とし始めてまもない頃。薪運びの時期としては、この月が最後で、あとは川流しが止む春先まで舟は使えないのだと絹蔵は教えてくれた。

　しかもこの時期に小舟を操れるのは何人もいない。熟練でなければ流れてくる材木を避けられずに危険だと言うのである。

「運が良かった……」

　半左衛門は呟くと話を継いだ。

　下呂の舟着き場で半左衛門たちは舟から下ろされた。絹蔵が頼まれていた温泉宿に薪を配らなければならなかったからだ。

「そこの小屋で薪を燃やして着物を乾かしていて下せえ。あっしは薪を配ったら、何か食べるものを買ってまいりやすから……」

　絹蔵はそう言って薪を荷車に積み出かけて行ったが、絹蔵を待つ間に、半左衛門が気を失ってしまった。傷も深く、慌てて助けを求めに小屋の外に飛び出した弥助は、通りかかった旅芸人に縋《すが》ったのだという。

「そののち下原の宿で養生を……」

　清七郎は訊く。

「さよう……傷が癒えるのを待って宿を出、下麻生の綱場で谷田部の不正を確かめたのち、伊豆に入ったのだが不覚だった。別荘の庭で奴らに摑まり、納戸に押し込められたのだ」

半左衛門は苦笑する。

「間にあって良かった……」

清七郎は呟く。

「間一髪だったのだ。奴らは江戸に飛脚を立て、わしをどうするか谷田部の返事を待っていたのだ。そなたが助けにきてくれなかったら、どうなっていたか……」

半左衛門は激しく咳き込む。

「父上!」

「大事ない……」

と手で清七郎の心配を遮りながら、半左衛門は「父上」と呼んでくれた清七郎の言葉に嬉しそうだった。

清七郎は清七郎で、いかに大変な任務だったのか、咳き込む半左衛門を見て胸が痛かった。

品川の地を踏んだ時には、半左衛門の病はすっかり回復していて、江戸に到着するやすぐに佐治の屋敷に入った。

佐治吟味役は、清七郎たちを待ち構えていた。

玄関まで出迎えてくれ、清七郎たちはすぐに座敷で報告した。

「不正は間違いのないものと分かりました。すべてこれにありますが、近々いっさいをまとめ書きして、改めて持参したいと存じます」

半左衛門は、調べて書き付けた帳面を佐治吟味役の前に置いた。

「ご苦労でござった。長谷殿には大変な苦労をかけた。すまぬ」

佐治吟味役も頭を下げる。

「恐縮です。こちらのご家来衆、垣原治三郎殿を殺され、桑井尭之助殿は記憶を失って下呂に居ります。申し訳なく存じます」

半左衛門は苦渋の顔で告げた。

「何、こちらが無理を承知で頼んだことだ。桑井にはもう使いを出した。正月までにはここに戻ってくる。両親も待っておるしの」

佐治は、帳面に目を落としながら言った。

そしてまもなく顔を上げると、

「谷田部も終わりだな」

佐治は、険しい目で帳面を半左衛門に返してきた。

「証人となる浪人と夏与という妾は、徒目付に託して参りました。まもなく到着すると存ずるが……」

「そちらは昨日到着したようだ。南町に預かっておる。長谷殿の調べがまとめ上げられたところで、老中さまほか関係者が回覧し、その上で評定が開かれる」

「それではひとまず本日はこれにて」

半左衛門と清七郎は、それで佐治家を退出した。

佐治家の家来で清七郎の従者となって活躍してくれた坂巻真次郎とは屋敷門前で別れ、玄関で待機していた弥助を伴い、半左衛門を長谷家の門前まで送った清七郎は、夕刻紀の字屋に帰った。

六

「親父さんが手配してくれた徒目付の、平井という御仁、そして津田という御仁には、肝心な時に助けていただきました」

清七は頭を下げた。

隣室では帰宅歓迎の宴を開くため、おゆりと飯炊き女中のおとよが腕をふるい、与一郎と小平次は酒や肴を買いに走っている。

店番の庄助と忠吉も宴会には加わる予定で、商いもそこそこに、そわそわしている筈だ。

だが清七は、何をおいてもまずは藤兵衛に礼を述べたかった。

藤兵衛は紀の字屋の主になる前は、徒目付頭だったと父から聞いていたからだ。平井と津田を密かに飛驒に送りこみ、清七たちを守ってくれたのは藤兵衛の差配に他ならないと思ったからだ。案の定、

「何、今おまえさんに死なれたら困るゆえ、昔の縁を頼ってみたのだ」

藤兵衛は笑って言った。

徒目付とは、目付の命を受けて、旗本御家人の悪を暴くお役目だ。

事態を判断する鋭い目と、いざとなったら身を賭してお役目を遂行する姿勢は、正に平井と津田の妙を得た働きそのものだった。

今更だが、正体の摑めない人だとみていた藤兵衛の昔がくっきりとして、清七は驚いている。

「ついでに話しておこう」

藤兵衛は声を改めると、

「清七、今度の不正の探索については、ただ吟味役の懸案として調べ始めたという訳ではないとわしは見ている」

奥に鋭い光を蓄えた目で清七を見た。

「何かご存じですか。私も実はずっとそれを考えていました。佐治さまや父が不正を嫌う人物だということは分かっていますが、しかし今度の探索は危険きわまるものでした」

「その通りだ」

藤兵衛は言い、腕を組むと、じっと清七の顔を見て、

「お目付もすんなり二人をわしに託してくれた、その背景には、お目付の意があったのだ。お目付の意があり、佐治さまが乗り出して来たという事は、この不正を糾《ただ》せと命じていたのはご老中ではないかと」

「ご老中……」

驚く話ばかりだ。清七は膝を乗り出した。

「老中阿部正次さまだ」

「なんと……」

「いずれははっきりとするだろうが、前任の土井勘定奉行を飛ばして、谷田部を勘

定奉行にしたのは阿部老中だとの噂がある」

「……」

「阿部老中は策士だと昔から恐れられていた。だとすると、今やお荷物となりそうな谷田部を切り捨てようとしたのかもしれぬ。これはあくまで憶測だがな……」

清七は震えた。

ただ純粋に不正を嫌って糾そうとして調べるというのなら分かる。だが、老中が自分の都合で、ある時は不正を見逃し、またある時はそれを材料にして追い落としを謀るとは――。

――そのために、三人が命を落とし、一人は記憶を失った。

いや父も、助けが間に合わなかったら命はなかったかもしれないのだ。

「おまえさんの気持ちも分かる。だがそれが世の中だ。それが御政道だ。さあ、話はこれぐらいにして、皆が待っている。待ちくたびれておる」

藤兵衛は手を貸してくれと清七に言い、膝を庇うようにして立ち上がった。

隣室への戸を開けると、

「お帰りなさい、清さん！」

忠吉が走り寄った。

「おい、先に飲んでるぞ、早く来い」

与一郎は、もう酔いが回っているらしい。

大きなしっぽく台に、鯛の刺身や、膾に吸い物、ヒラメの焼き物、里芋のにっころがしなど所狭しと並べられている。

「おゆりさんとおとよさんが、慌てて作ってくれたんだ」

小平次が言った。

すると台所から、おゆりが顔を出して、

「天ぷらもしようと用意してあります。もう少しあとにしますか」

にこにこ顔で訊く。

「ごはんもどっさり炊きましたよ」

おとよもにょきっと顔を出して言った。

「おゆりもおとよさんも一緒に食べよう。天ぷらは後でいい」

藤兵衛が朗らかな顔で言った。

清七も、明るい顔で礼を述べた。

「この通り、ぴんぴんして帰ってこられたのは皆のお陰だ。今日は、飲もう！」

賑やかに宴会が始まった。

「そうだ、清さんに竈の神のお守りを貸して上げていたな」

与一郎が返せと手を出した。

「ちょっと待て」

思い出して財布を取り出し、中から札を取り出して与一郎の手のひらに置く。

しわしわになってしまった竈の神のお守りを、

「清さんを守ってくれて、ありがとう」

与一郎は、額の辺りまで上げて礼を言った。

「与一郎さんが信心深いところを見ると、なんだか普段と違う与一郎さんを見ているようだよ」

案の定、忠吉が言って笑った。

「忠吉、お前は……」

与一郎が顔を顰め、みんなどっと笑った。

「しかしなんだな、長谷家も大変だったからな。清さんは知ってるだろ、奥方の多加さまが亡くなったのだ」

小平次の言葉に、清七は驚いて箸を止め、小平次の顔を見た。

「清七郎さま、よく来て下さいました。どうぞ、お参りをしてあげて下さいませ」

翌日清七郎が長谷家を訪ねると、織恵がすぐに出て来て、長谷家の仏間に案内してくれた。

「父上のお帰りを待てずに旅立ちました。それが残念です」

織恵は言った。

清七郎は手を合わせて祈った。

この屋敷に引き取られてから、多加には辛い思いをさせられたが、亡くなってしまった今は仏様だ。

「若奥さまが戻られて、さぞ安心なさった事と存じます。よく戻って下さいました」

清七郎は織恵に言った。

「清七郎さま、もう若奥さまなどと呼ぶのは止めて下さい。あなた様は歴とした長谷家の次男、市之進さまとは兄弟ではありませんか」

清七郎は苦笑した。そうもいくまいと思ったのだが口には出さなかった。する

と、

「ただいまは、父上様も市之進様も登城しています。いずれ市之進様からお伝えすると存じますが、私の方からもお伝えしたい事がございます」

織恵は真剣な顔で言った。

「何でしょう……」

怪訝な顔で尋ねると、

「母上は遺言をされました。清七郎さまに関わる遺言です」

「私に関わるとは……」

心がざわめく清七郎に、

「清七郎様に冷たくなさった事を後悔なさっておりました。今更だが兄弟手をとりあって長谷家を守るようにと……」

織恵は、亡くなる前に多加が残した言葉の一字一句を清七郎に告げた。

「奥方様がそのような事を……」

驚きで清七郎は言葉も無い。

「私も驚きました。これまでの態度を考えますと信じられないような言葉の数々、私は泣いてしまいました」

「……」

「あの言葉は、けっして嘘偽りではございません。母上様は母上様で悩みがあったようでございまして」

「ありがたい言葉です。思いがけないことです」

清七郎は嬉しかった。

もう一度仏壇に向いて、多加の位牌に手を合わせた。

その時だった。強い足音がして、半左衛門が下城してきた。

「来てくれたのか」

半左衛門は言い、自身も仏壇に手を合わせると、清七郎に向き合った。

「多加も哀れな女であった……」

半左衛門はしみじみと言った。

「お茶をお持ちします」

織恵は、そっと退出して行った。

「気性の激しい女だったが、死なれてみると、多加は多加で、長谷家をおもんばかって、しゃかりきになっていたんだろうな。市之進を追い詰め、おまえに辛く当たったのも、そういう事だ。ただ、それをわしも分かってやっていたかどうか

「……」

半左衛門は苦笑した。

「遺言のこと、先ほど聞きました」

清七郎は言った。

「そうか、聞いたか……あれも最期には、長谷家を守るためには、どうあるべきか分かったようだな。清七郎、多加から受けた仕打ちのことは、水に流してやってくれぬか」

半左衛門は、清七郎の顔色を見る。

「むろんです。むしろ最期に、暖かい言葉を残してくれた事に感謝しています」

半左衛門は頷いた。

清七郎は表情を改めて訊いた。

「久しぶりの登城はいかがでございましたか」

「おう、それよ」

半左衛門も表情を改めると、

「本日、谷田部勘定奉行は、お役御免の上、蟄居《ちっきょ》謹慎を命じられたぞ」

清七郎は頷いた。

「今後のなりゆきとして考えられるのは、評定所で詮議を受けたのちは、いずれかの大名にお預けになるだろう。そして頃合いをみて、切腹……」

半左衛門は神妙に言った。

「それにしても素早い動きですね」

清七郎の胸には、わだかまりがあった。

「おそらく、妾や浪人たちが助かりたいばっかりに、べらべらしゃべったものと思われる。また、先に殺された坪井平次郎の日誌、桑井尭之助が記帳したもの、そしてわしが提出した書類と、証拠には事欠かないからな」

半左衛門の言う通り、これまでの調べを総合してみると、谷田部の不正は揺るぎがない事は清七郎も分かっている。

谷田部は勘定組頭の時代から、御林に目を付けて、飛驒の木の伐採の札入れを上総屋に勧めたのだ。

商人枠の伐採権を上総屋に取得させると、今度は勘定所の名を使って御林の材木を破格の安値で上総屋の手に渡し、材木を流す川の綱場の役人も買収して、堂々と江戸や大坂に運んで暴利をむさぼらせた。

むろん、上総屋にはたっぷりと袖の下を上納させて、その金を使って猟官運動に走り、晴れて勘定奉行という旗本が就ける最高の地位についたのである。

しかも谷田部は、飛騨の材木を江戸に運ぶ途中で熱海に下ろし、この材木で別荘を建てたのだった。

夏与という女を住まわせるために、谷田部は大胆不敵に動いている。

この一部始終の悪を、勘定の坪井は山林方として谷田部の命令に従った事で知り、記録していたのだ。

坪井は、上総屋に仕事を奪われた飛騨の人々の暮らしを案じていた。

それで記録を脅しに使って、飛騨の者たちへの格別の手当を谷田部に要求し、それがもとで口封じのために殺されたようだった。

「父上、父上はご存じですか。この度の一件、ご老中の個人的な意思で谷田部追い落としになった事を……」

釈然とせず、心の中に持ち続けていたものを、清七郎は口にした。

「清七郎、その話、誰から聞いたか知らぬが、谷田部をこのまま野放しにしておいて良いのか……そう思うのか……」

半左衛門は、じっと見た。

「いえ、それはいかがかと……」

「だったらこれで、良かったのではないのかの」

半左衛門は、さらりと言った。

「それはそうですが、父上……」

清七郎は、まだ納得がいかず、父の顔を見返した。

「確かに、ご老中の意のままの展開になったのかもしれぬ。前段に様々な政治的駆け引きがあった事は、わしも承知しておった。しかし、それを言って不正を糾さずというのでは御政道はたちゆくまい。清濁合わせ呑む事も必要だし、もっと大切なのは、侍は百姓や商人などから税を取り立て、それで暮らしがなりたっているということだ。血と汗の滲んだ税で、不正を行うような人間を捨て置く訳にはいかぬ」

半左衛門の言葉には熱意がこもっていた。

「！……」

「この度の事はわしも佐治様も、不正を糾す、その一点で行った事だ。死人も出て、自身の命も危うかったが、わしは後悔はしておらぬ。わしも佐治様も、徳川家の家臣なのだ。そして民からの税で暮らしをたてている侍なのだ。この世で一番衿を正さなければならないのは侍だ、違うか、清七郎……」

清七郎は黙って俯いた。父の言葉で、主家に仕える家臣とは、また侍とはどう生きるべきか目が開けたような気がした。

「清七郎、わしは亡くなった弁十郎の女にも、手厚い保護をするつもりでいる。わしのために命を落とした者を粗末にはせぬ」

「よく分かりました。して、その人はどこで暮らしているかご存じですか」

清七郎は訊いた。

「神田の裏長屋に暮らしているようだ。名をおくらと言う」

「私が訪ねてもよろしいでしょうか」

清七郎は言った。

七

「おくらさんだね」

清七郎が声を掛けたのは、井戸端で大根を洗っていた腹の大きい女だった。

「はい」

女は怪訝な顔で、清七郎の顔を見た。

「長谷家の者です。清七郎という者です」

清七郎が伝えると、女の顔色が変わった。だが、

「清七郎さま……長谷の殿様の?……そうですね」

念を押す。

「そうです。今日は長谷家からの帰りで、このような形をしておりますが、いつもは日本橋で切り絵図を作っています」

「ええ、弁十郎さんから聞いていました。清七郎様はご立派だって……でもその弁十郎さんが」

おくらは、目頭を押さえる。

「申し訳ない。父も長谷家のために命を落としたことは忘れぬと、落ち着いたら屋敷に出向くようにと言っておりました」

清七郎は父の伝言を伝えた。

「このようなところでは……どうぞ、家の中に」

おくらは長屋の中に誘った。

「お茶を淹れます」

急いで仕度するおくらに、

「いえ、構わないで下さい。父から預かってきたものを、お渡しするだけですから」

清七郎は袱紗《ふくさ》に包んだものを懐から出した。

そして部屋の中を見渡した。

壁に見覚えのある弁十郎の袖無し袢纏がかかっていた。

その袢纏の下には素麺箱が置かれ、白木の位牌が置いてあり、位牌の前には、弁十郎の遺髪が供えてあった。

——弁十郎さん……。

清七郎は位牌の前に進んで手を合わせた。

——父を守ってくれたこと、忘れぬ。

「ありがとうございます。清七郎様に手を合わせていただいて、弁十郎さんも喜んでいると思います」

お茶を淹れながら、おくらは言う。

「いや、礼をいうのは私の方です」

清七郎は言い、改めて部屋を見渡した。

道具と言っても、部屋にあるのは三段の茶簞笥がひとつと、おくらのものだろう手鏡が部屋の隅に見える。

台所には鍋釜がひとつずつ、棚に茶碗と皿が数枚、他には何も無い質素な暮らしがみてとれた。

――昔の母と自分との暮らしを見ているようだ。

と清七郎は思った。

こんな質素な暮らしの中でも、二人が将来を約束して幸せをかみしめていた頃があったのは間違いない。

じゃれ合う二人の姿、膳を並べて時折顔を見合って笑いながら食する二人の姿、そして腹に子が出来た喜びを分かち合う二人の姿、腹の子の動きを確かめながら父親となる喜びの顔をみせる弁十郎の姿――。

ところがある日、弁十郎は旅姿で手を振って出て行ったが、それを最後に、この部屋には無色透明の冷たい風が吹いているのではないのか。

清七郎の胸はつぶれそうになった。

「どうぞ、粗茶ですが……このお茶、弁十郎さんが、長谷家の奉公人部屋からいただいてきたものなんですよ」

おくらは、寂しげな笑みを浮かべて茶を出した。

「赤子がお腹にいるのですね」

お茶を一吸すると、清七郎はおくらに訊いた。

「はい、今八ヶ月です。せめてこの子の顔を、弁十郎さんには見てほしかった。その事が悔やまれてなりません」

おくらは、また涙ぐんだ。清七郎は頷くと、

「これからおくらさんも大変だ。私は私の昔を今思い出していました。私の母親はお屋敷を出て、長屋で私を一人で産みました。母は死ぬまで、ずっと貧しい暮らしをしていたのです。今おくらさんの有様を見て、私は胸を痛めています。何か手助けする事があれば、遠慮無く言って下さい」

おくらは、その言葉を聞くや、わっと顔を覆って泣いた。

声を出して泣くおくらを見ていた清七郎は、たまらなくなって弁十郎の位牌と遺髪に目を遣った。

――弁十郎……さぞや心残りであったろうな。

貰い涙を飲み込んで、おくらに顔を戻すと、おくらも涙を拭って、

「ありがとうございます。用人の小野様からも暖かい励ましの言葉をいただきました。赤ちゃんが生まれた先々のことも、お屋敷に女中として奉公してもらって

も良い、また、このお腹の子供が男の子だった時には、大きくなって長谷家に奉公すればよいと……清七郎様、私は弁十郎さんを亡くして、それは何にも代えがたい悲しみではございますが、でも、その奉公先が長谷様で良かったと……本当にそう思っています」

清七郎は何度も頷いたのち、持参した袱紗を差し出した。

「父から預かってきたものです」

袱紗には十両の金が入っている。

おくらは袱紗を手に取ると、両手で包んだ。そして深く頭を下げた。

「助かります。仲居をしていたんですが、このお腹では働けなくて……」

「生まれてくる子のためにも、力強く生きてほしい。私も時々参ります」

清七郎は言った。

おゆりが友人の坪井冴那に会いに行ったのは、数日後のことであった。

冴那は、その身を娘の都留《つる》と父の庄兵衛《しょうべえ》と一緒に、勘定吟味役の佐治の屋敷に匿われていた。

夫の坪井平次郎が殺されてから、その身を案じた清七郎や半左衛門の考えで、佐治に匿ってもらうよう頼んだのだった。

あれから八ヶ月、おゆりも訪ねることを遠慮していたのだが、この度は一刻も早く冴那の顔をみたい衝動にかられて訪ねて行ったのだった。

冴那たちは、佐治家の用人向けの長屋に暮らしていた。二階建てで庭もあり、何不自由なく暮らしていたことは、一見して分かった。

「百合《ゆり》さん、先日佐治様から夫を殺した張本人の谷田部勘定奉行が蟄居謹慎になったと聞きました。ようやく、ようやく、夫も成仏できるというもの」

おゆりが話す前に、冴那はおゆりの手を取って喜びを隠せないようだった。

「よかったこと、清七さんの話では、谷田部はどこかにお預けになった後で切腹を申し渡されるんじゃないかと……」

「ええ、これで父上も心が晴れると思います」

冴那の顔が、ふっと曇る。

「おじ様に何か……」

「ええ、お医者様に、もうそう長くはないと言われました。先月から臥せっております」

「まあ……」

「父上の身に何かあれば、わたくしも都留も、この先どうすれば良いのでしょうか」

「………」

おゆりは、返す言葉が見つからなかった。

家督を継ぐ者がいなければ、お家は断絶になる。

せめて都留が男子で、しかも元服でもしていればその心配もいらないが、女の子でまだ幼い。

「まもなくこのお屋敷を出て行く事になるのでしょうが、その先が見えません」

冴那は力なく言う。

「亡くなられた旦那さまのご実家の母上様や兄上様はなんとおっしゃっているのですか……」

おゆりは訊く。

冴那の夫は坪井家に養子に入った人だったのだ。実家は御徒だと聞いていたが、父親は亡くなって今は兄が跡を継いでいるらしい。

「夫の実家には頼ることはできません」

冴那は言う。

確かに夫の実家には、兄嫁もいて兄夫婦の子供たちもいるから、冴那たちが身を寄せれば厄介者として身を縮めて暮らさねばなるまい。

おゆりは冴那の手を握った。答えはなく、ただ寄り添うことしかできないのだ。

「夫の実家は、夫が亡くなった頃から、音信不通となっています。厄介なことに巻き込まれたくない、そう思っているのだと……」

「そう……」

おゆりは相槌を打った。せめる事も出来ないなとも思う。

冴那の夫の実家は、御徒だから抱え席だ。下級武士だと言ってもまだましな方だ。御目見得《おめみえ》もかなわぬ下級武士は、家族を養うのだって難しい。

この頃では、どの家も、この家も、借金を抱えて暮らしているのだ。

気持ちの中では義理の妹一家を迎えてやりたいと思っても、台所がそれを許さないのかもしれなかった。

「あっ、おばちゃま」

しんみりとなったところに、突然、可愛らしい声が飛んできた。

顔を向けると、庭で遊んでいたのだろう都留が、おゆりを見付けて走って来た。

都留は、美しい西陣の端布《はぎれ》で作った巾着袋を手にぶらさげていた。

嬉しくて持ち歩き、なんでもかんでも入れて楽しんでいるに違いない。おゆりにもそんな思い出があった。

「都留さん、まあずいぶん背が伸びて……」

おゆりは自分の胸に飛び込んできた都留を抱き留め、頭を撫でてやった。

「あのね、おばちゃま、都留はね、都留は佐治のおじさまから、こんぺいとうを、いっぱい、いっぱい、もらったの」

都留は言い、巾着袋から懐紙に包んだものを取り出した。

「都留、何時いただいたのですか。人様から物をいただいて、母に黙っていてはいけません！」

冴那は叱りつけて取り上げようとした。

「やだやだ、返してよ〜、先ほどいただいたばかりなんだから」

都留が声を張り上げて泣き、頑《かたく》なに冴那の手を拒む。

「泣いてごまかさないの！……こちらによこしなさい！」

冴那の叱り方は厳しかった。まるで日頃の不安を都留にぶつけているようにも見える。

その時だった。

「冴那殿、都留のいう通りだ、今さっきわしが渡したばかりだ」

吟味役の佐治が下駄履きでやって来た。

「佐治様……」

驚いて頭を下げる冴那に、

「よいよい、父親がいなくなって都留は寂しいのだ」

「甘やかしては、この先が思いやられますので」

「冴那殿、そなたの気持ちは良く分かる。したが、この佐治がついているのだ。心やすくしてお父上の看病をされるがよい」

「………」

冴那はありがたくて声も出せない。目に涙を溜めている。

おゆりも胸に迫るものをこらえていた。

その時だった。

「おじさま、こんぺいとうを食べてもいい？」

泣き止んだ都留が佐治に近づいて、甘えて訊いた。

「いいともいいとも、都留、喉に詰めないようにな」

佐治は言い、腰を落として都留の頭を撫でる。まるで孫でもあやしているような顔だ。

そして自ら懐紙を広げ、都留の手のひらに星形のこんぺいとうを置いてやる。

都留は、ぱくりと食べて、にこっと笑った。

「よし、その笑顔だ。都留は笑顔良しだな」

もう一度佐治は都留の手のひらに、こんぺいとうを置いた。すると、

「あ～ん」

都留は、こんぺいとうを摑んだ手で、佐治に口を開けるよう促した。

冴那は、はらはらして見ている。だが、

「あ～ん」

佐治は大きく口を開けた。その口に、都留はこんぺいとうを放り入れた。

「喉につめないでね」

にこにこして言う都留の言葉に、

「都留め……」

佐治は都留の頰に両手を伸ばすと、手のひらでその頰を挟み、自分の方に顔を向けさせると、今にも食べてしまいそうな顔で楽しそうに笑った。

冴那はむろんのこと、見守っているおゆりもほっと胸をなで下ろす。

心の中を覆っていた不安な気持ちは一瞬薄れた。都留と佐治のやりとりに、冴那もおゆりも、微かな光を見たように思った。

八

起床を促されたのは、長屋の路地から子供たちの嬉々とした声が聞こえてきたからだった。

いつもは、親に叱られていたり喧嘩をしたりする声だが、今日は違った。はしゃいでいる。妙に外が明るいようだ。

清七は起き上がって、板の間に出た。

「！……」

土間に白く明るい光が障子を通じて落ちている。

腰高障子を開けた。眩しい白が目に飛び込んできた。

「雪か……」

思わず呟いた清七には、井戸端近くで子供たちが、思い思いの雪だるまを作っているのが目に入った。

今年初めての雪は、一寸強は積もったようだ。路地は一面白で埋め尽くされていた。

「清七さん！」

子供の誰かが珍しく清七を呼んだ。

ふっと顔をそちらに向けたその時、清七の顔面に何かが飛んできて当たった。

「いた！」

飛んできたのは雪団子だった。子供たちを睨むと、

「やったー！……清七さん、遊ぼうよ！」

悪びれることもなく誘う。

「いきなり人の顔に投げちゃあ駄目だ。そんないたずらをしていたら、雪女が迎えに来るぞ！」

腹立ちまぎれに脅すと、

「うそだい！……雪女でもいいから来て欲しいのは清七さんじゃねえのか」

太ったガキが大声で言い、子供たちは、はじけるように笑った。

「ひねた奴らだ」

腰高障子を音を立てて締めたが、

——いかん、こうしてはおられん。

清七は今日は紀の字屋に行く前に、母の墓参りに行く予定で、与一郎たちにもその旨伝えてあったのだ。

半刻後、清七は下谷の光輪寺の境内に立っていた。

やはり一面銀色の光を放つ白の世界が墓地の方まで続いている。

墓地にはまだ誰も足を踏み入れた形跡はない。

清七は高下駄で墓地に入った。踏みしめる度に雪が鳴る。

転倒しないように歩きながら、清七は無言で墓まで歩み寄ると、頭に雪をかぶった墓石の前に腰を落とした。

持参してきた線香に火口《ほくち》を使って火を付けて雪の上に立てると手を合わせた。

まずは父が無事帰ってきたこと、それと多加の遺言も母に伝えた。

そして親子して臨んだ勘定所の不正事件、谷田部の悪が糾されて、昨日評定所から西国の大名に谷田部お預けの沙汰が下りたが、谷田部は自邸で切腹した事も告げた。

「清七郎様……」

その時背後から声が掛かった。

立ち上がって振り返ると、彦蔵が市之進を案内してやって来たのだ。

「市之進様……」

清七は驚いて迎えた。

「俺にも参らせてくれ」

市之進がそう言うと、彦蔵が、

「市之進様は、清七郎様が奥方様の位牌に手を合わせて下さった事を知り、ぜひにも清七郎様の母上の墓に自分も参りたいとおっしゃいまして……」

と嬉しそうに言った。

「すみません」

清七が頭を下げると、

「清七郎、これからはそのように遠慮することはない。お前には心許ない兄だろうが、よろしく頼みたい」

市之進は、決まり悪そうな顔で言う。

清七は頭を下げると、

「母も喜ぶと思います」

市之進に場所を譲った。

彦蔵が持参した菓子を雪の上に供えると、市之進は神妙な顔で手を合わせる。

その姿に、清七はこみ上げる思いに震えていた。

──母が、どれほど有り難く思っているだろうか……。

虐げられたまま息を引き取った母だ。

その長い年月の末に迎えたこの一瞬を、清七はきっと忘れることはないだろう。

清七は、こみ上げる熱いものを飲み込んで、その視線を一面に覆って銀色に光る雪のうねりに向けた。

これまでとは違う新しい道が、そこに見えてくるのだと清七は思った。

この作品は「文春文庫」のために書き下ろされたものです

文春文庫

切《き》り絵《え》図《ず》屋《や》清七《せいしち》
雪《ゆき》晴《ば》れ

定価はカバーに表示してあります

2018年4月10日　第1刷

著　者　藤原《ふじわら》緋《ひ》沙《さ》子《こ》

発行者　飯窪成幸
発行所　株式会社　文藝春秋

東京都千代田区紀尾井町 3-23　〒102-8008
TEL　03・3265・1211(代)
文藝春秋ホームページ　http://www.bunshun.co.jp

落丁、乱丁本は、お手数ですが小社製作部宛お送り下さい。送料小社負担でお取替致します。

印刷製本・大日本印刷

Printed in Japan
ISBN978-4-16-791053-2

篠　綾子
墨染の桜
更紗屋おりん雛形帖
京の呉服商「更紗屋」の一人娘・おりんは、将軍継嗣問題に巻き込まれ、父も店も失った。貧乏長屋住まいを物ともせず、店の再建のために健気に生きる少女の江戸人情時代小説。（島内景二）
し-56-1

篠　綾子
黄蝶の橋
更紗屋おりん雛形帖
犯罪組織「子捕り蝶」に誘拐された子供を奪還すべく奔走するおりん。事件の真相に迫ると、藩政を揺るがす悲しい現実があった。少女が清らかに成長していく江戸人情時代小説。（葉室　麟）
し-56-2

篠　綾子
紅い風車
更紗屋おりん雛形帖
勘当され行方知れずとなっていた兄・紀兵衛と再会したおりん。喜びもつかの間、兄の修業先・神田紺屋町で起こった染師毒殺事件の犯人として紀兵衛が捕縛されてしまう。（岩井三四二）
し-56-3

篠　綾子
山吹の炎
更紗屋おりん雛形帖
ついに神田に店を出すことになり更紗屋再興に近づいたおりん。ところが大火で店が焼けてしまう。身を寄せた寺で出会ったお七という少女が、おりんの恋に暗い翳を落とす。（大矢博子）
し-56-4

篠　綾子
白露の恋
更紗屋おりん雛形帖
想い人・蓮次が吉原に通いつめ、生まれて初めて恋の苦しさと嫉妬に翻弄されるおりん。一方、熙姫は亡き恋人とおりんのために将軍綱吉の大奥入りへと心を動かされ……。（細谷正充）
し-56-5

篠　綾子
紫草《むらさき》の縁《ゆかり》
更紗屋おりん雛形帖
弟の仇討のため江戸を出た蓮次と別れたおりんは、悲しみから、針を持てず縫物ができなくなってしまう。大奥入りした熙姫の依頼で、将軍綱吉主催の大奥衣裳対決に臨むが……。（菊池　仁）
し-56-6

鳥羽　亮
八丁堀吟味帳
鬼彦組
北町奉行所同心の惨殺屍体が発見された。自殺にみせかけた殺人事件を捜査しているうちに、消されたらしい。吟味方与力・彦坂新十郎と仲間の同心達は奮い立つ！　シリーズ第1弾！
と-26-1

文春文庫　書きおろし時代小説

（　）内は解説者。品切の節はご容赦下さい。

鳥羽　亮
八丁堀吟味帳「鬼彦組」
謀殺

呉服屋「福田屋」の手代が殺された。さらに数日後、番頭らが辻斬りに。尋常ならぬ事態に北町奉行所吟味方与力・彦坂新十郎の率いる精鋭同心衆「鬼彦組」が捜査に乗り出した。シリーズ第2弾。

と-26-2

鳥羽　亮
八丁堀吟味帳「鬼彦組」
闇の首魁

複雑な事件を協力しあって捜査する「鬼彦組」に、同じ奉行所内の上司や同僚が立ちふさがった。背後に潜む町方を越える幕府の闇に、男たちは静かに怒りの火を燃やす。シリーズ第3弾。

と-26-3

鳥羽　亮
八丁堀吟味帳「鬼彦組」
裏切り

日本橋の両替商を襲った強盗殺人。手口を見ると殺しのほかは十年前に巷を騒がした強盗「穴熊」と同じ。だが昔の一味は、鬼彦組の捜査を先廻りするように殺されていた。シリーズ第4弾。

と-26-4

鳥羽　亮
八丁堀吟味帳「鬼彦組」
はやり薬《ぐすり》

江戸の町に流行風邪が蔓延。人気医者・玄泉が出す万寿丸は飛ぶように売れたが、効かないと直言していた町医者が殺された。いぶかしむ鬼彦組が聞きこみを始めると——。シリーズ第5弾。

と-26-5

鳥羽　亮
八丁堀吟味帳「鬼彦組」
謎小町

先ごろ江戸を騒がす「千住小僧」を追っていた同心が殺された！後を追う北町奉行所特別捜査班・鬼彦組に、闇の者どもの「親子の情」が立ちふさがった。大人気シリーズ第6弾！

と-26-6

鳥羽　亮
八丁堀吟味帳「鬼彦組」
心変り

幕府の御用だと偽り戸を開けさせ強盗殺人を働く「御用党」。北町奉行所の特別捜査班・鬼彦組に追い詰められた彼らは、女医師を人質にとるという暴挙にでた！　大人気シリーズ第7弾。

と-26-7

（　）内は解説者。品切の節はご容赦下さい。

鳥羽　亮
八丁堀吟味帳「鬼彦組」
惑い月
賭場を探っていた岡っ引きが惨殺された。手札を切っていた同心にも脅迫が——。精鋭同心衆の「鬼彦組」が動き出す！　倉田佐之助の剣が冴える、人気書き下ろし時代小説第8弾。
と-26-8

鳥羽　亮
八丁堀吟味帳「鬼彦組」
七変化
同心・田上与四郎の御用聞きが殺された。与力の彦坂新十郎は事件の背後に自害しているはずの「目黒の甚兵衛」の影を感じる——果たして真相は？　人気書き下ろし時代小説第9弾。
と-26-9

鳥羽　亮
八丁堀吟味帳「鬼彦組」
雨中の死闘
連続して襲撃される鬼彦組同心の御用聞きたち。やがて明らかになる意外で強大な敵とは？　危険な戦いの中で倉田の剣が冴える、鳥羽亮の大人気書き下ろし時代小説第10弾。
と-26-10

鳥羽　亮
八丁堀吟味帳「鬼彦組」
顔なし勘兵衛
ある夜廻船問屋「黒田屋」のあるじと手代が惨殺された。賊は複数いるらしい……。「鬼彦組」は探査を始めるが、なんと新十郎が襲撃されて傷を負う——緊迫のシリーズ最終作。
と-26-11

野口　卓
ご隠居さん
腕利きの鏡磨ぎ師・梟助じいさん。江戸に暮らす人々の家に入り込み、落語や書物の教養をもって面白い話を披露、時には事件を鮮やかに解決します。待望の新シリーズ。（柳家小満ん）
の-20-1

野口　卓
心の鏡
ご隠居さん㈡
古き鏡に魂あり。誠心誠意磨いたら心を開いてくれるでしょう——古い鏡にただならぬものを感じ精進潔斎して鏡磨ぎの仕事に挑む表題作など全五篇。人気シリーズ第二弾。（生島　淳）
の-20-2

（　）内は解説者。品切の節はご容赦下さい。

野口　卓
犬の証言
ご隠居さん㈢
五歳で死んだ一人息子が見知らぬ夫婦の子として生れ変っていた？　愛犬クロのとった行動に半信半疑の両親は――鏡磨ぎの梟助じいさんが様々な「絆」を紡ぐ傑作五篇。（北上次郎）
の-20-3

野口　卓
出来心
ご隠居さん㈣
主人が寝ている隙に侵入した泥坊が、酒の誘惑に勝てず酔いつぶれたという隣家の話に「まるで落語ですね」と梟助さん。勢い話は泥坊づくしとなり――。大好評の第四弾。（縄田一男）
の-20-4

野口　卓
還暦猫
ご隠居さん㈤
突然引っ越したお得意様夫婦の新居を梟助さんが訪ねると、座布団に猫が一匹。まさかあの奥さまの願望が真実に!?　落語や豆知識が満載の、ほろ苦くも心温まる第五弾。（大矢博子）
の-20-5

野口　卓
思い孕《はら》み
ご隠居さん㈥
十七歳で最愛の夫を亡くしたイネ曰く「死んでも魂はそばにいるの」。そのうちイネのお腹が膨らみ始めて……。謎と笑い溢れる江戸のファンタジー全五篇。好評シリーズ第六弾！
の-20-6

藤井邦夫
秋山久蔵御用控
花飾り
神田川で刺し傷のある男の死体が揚がった。殺された晩、川の傍にたたずむ女が目撃されていた。さらに翌日、男と旧知の御家人も殺された。二人を恨む者の仕業なのか？　シリーズ第二十弾。
ふ-30-25

藤井邦夫
秋山久蔵御用控
無法者
評判の悪い旗本の部屋住みを調べ始めた久蔵と手下たち。強請の現場を目撃するが、標的となった者たちも真っ当ではない。久蔵は事情があるとみて探索を進める。シリーズ第二十一弾！
ふ-30-26